Monsieur Je-sais-tout

ALAIN GILLOT

Monsieur Je-sais-tout

ROMAN

J'AI LU

Précédemment paru sous le titre :
La surface de réparation

« Ils veulent qu'on meure et qu'on mente avec eux. Il n'y a qu'une seule chose à faire. Trouver quelque chose qui est à soi. Se fabriquer une île. »

Sergent WELSH,
dans le film de Terrence MALICK,
La Ligne rouge

À Caroline,
à cette famille à laquelle elle a cru.

1

Hamed est venu droit vers moi de sa foulée de petit cheval contrarié. Une semaine qu'il pleuvait des cordes au beau milieu des vacances de Pâques. Déjà que les gosses avaient du mal à se concentrer, si en plus ils jouaient dans un bourbier, c'était la fin de tout.

— Pas moyen de prendre un appui, m'sieur. La moindre passe, on est sur le cul…

Les joueurs ont besoin de parler. D'un bobo, du matériel, des conditions. Certains jours, ils veulent seulement rentrer au vestiaire.

— Montre-moi un peu tes crampons…

Le gamin m'a tourné le dos et, tandis qu'il levait le mollet, j'ai jeté un œil à sa semelle.

— C'est du petit, à ce que je vois…

— Ceux que j'ai toujours, m'sieur.

— Et là, depuis lundi, t'as rien remarqué ?

— Ben si… il pleut comme vache qui pisse.

— Et d'après toi, t'aurais dû faire quoi ?

— Mettre plus gros…

— Donc, maintenant, tu y retournes et tu te débrouilles pour rester debout.

Ses yeux se sont planqués dans leurs orbites. Hamed a ce côté buté qui le pousse à s'empaler dans les défenses au lieu de lever la tête pour chercher un partenaire démarqué. J'en ai vingt-trois comme lui dans les pattes, et, certains jours, je me demande ce que je fais là, à m'occuper d'une bande de morpions qui ne deviendront jamais de vrais footballeurs.

C'est ma deuxième expérience d'entraîneur depuis que j'ai passé le diplôme fédéral. La première fois, c'était à Limoges avec l'équipe de division d'honneur. Des postiers qui bossaient la semaine et venaient s'entraîner le soir. Mais j'en ai eu marre de ce rythme-là. Je suis tombé sur une annonce dans *France Football*, « Club de Sedan cherche éducateur diplômé pour s'occuper de ses jeunes, âgés de dix à quatorze ans ». J'ai pensé que ça pouvait convenir. Pas que je sois porté sur les gosses. Je n'en ai pas, personnellement, et je les apprécie modérément, mais le salaire était correct, et la jouissance d'un pavillon, comprise dans l'offre, a fini de me décider.

Évidemment Sedan, ça a ses limites. La gloire du club est passée et n'est pas près de revenir, au point que l'équipe première évolue en D2, plutôt dans le bas du tableau. Ce qu'il faudrait, c'est trouver une pépite. Un joueur qui permettrait aux supporters de rêver et à ses équipiers d'être aspirés vers le haut. C'est ce qui s'est produit à Nancy quand Platini s'est révélé. Mais des Platini, il y en a un tous les cinquante ans, et aucun ne va débarquer à Sedan. Moi, ce que j'ai sous la main, c'est surtout des Kevin Rouverand. C'est le buteur du groupe, enfin, quand il est dans un bon jour. Un mètre quarante-trois à la toise, un centre de gravité très bas, une patate du droit.

Il pourrait vraiment faire quelque chose, mais, question motivation, on est loin du compte. Il se promène sur le terrain avec son petit talent sous le bras, il a l'impression d'avoir tout le temps devant lui. Il attend, comme beaucoup de ses copains, la proposition d'un club important. Il feuillette les journaux de bagnoles, il pianote sur son téléphone, il sculpte ses cheveux avec du gel. Il se voit déjà arrivé, alors qu'il n'est même pas dans le train.

J'ai cru que la pluie allait enfin s'arrêter, mais au contraire elle a redoublé, alors j'ai sifflé la retraite et ramassé les chasubles. Qu'au moins ils n'attrapent pas une angine. Déjà que le groupe était décimé.

— À demain, m'a lancé Kevin.

— À demain, essaye de pas être en retard.

Il était déjà plongé dans ses SMS. Au début, ce genre de comportement me mettait en rage mais maintenant j'ai pris du recul. C'est une histoire de génération. Les fils de mineurs, c'est terminé. Ça ne veut pas dire que les gars d'aujourd'hui n'ont pas d'objectifs, ils ont celui de l'argent, et bientôt des filles. Mais ça reste du domaine de la carotte, et pour faire carrière il faut plus que ça.

Ma carrière à moi s'est stoppée net un dimanche d'avril, il y a bientôt dix ans, sur le terrain de Limeil-Brévannes. Je venais d'avoir vingt-neuf ans et les dirigeants de Martigues m'avaient fait parvenir une proposition. Une saison complète à l'essai, avec option sur la suivante, et j'étais assez confiant dans l'avenir, jusqu'à ce que l'arrière central de l'équipe adverse réduise à néant cette promesse de transfert en pesant de tout son poids sur mon genou gauche.

Le garçon s'appelait Didier M'bati, il était originaire du Ghana et devait bien peser quatre-vingt-dix kilos. Tandis que je me tordais de douleur, il avait répété plusieurs fois qu'il ne l'avait pas fait exprès, et c'était vrai. J'avais voulu le feinter en le prenant à contre-pied, mais ma jambe s'était retrouvée en porte-à-faux et il m'avait marché dessus, juste parce qu'il était lancé et qu'il ne pouvait pas s'arrêter. J'avais été opéré à Dijon, dont le service était connu pour réduire les délais de consolidation, pour moi, cela dit, ce n'était pas une question de semaine, on s'en est vite aperçu. Les dégâts étaient trop importants et, après divers examens, les praticiens ont confirmé que je ne jouerais jamais plus au football. Je pourrais marcher sans trop de problèmes, mais dorénavant courir serait une aventure incertaine.

Alors j'ai ouvert la porte à la dépression. Je suis entré dans une spirale où je dormais presque toute la journée pour vivre uniquement la nuit. J'ai débranché le téléphone. Je ne me lavais plus, je mangeais des boîtes de conserve. Peu à peu j'ai perdu pied et j'ai fini par me réfugier dans la boisson, moi qui détestais être saoul. J'ai commencé à traîner de bar en bar, jusqu'au jour où je me suis battu avec un type, sans même savoir pourquoi. Il a fallu me maîtriser, je ne voyais même pas qu'il était amoché. J'ai fini au poste de police, en cellule de dégrisement. J'étais vraiment mal parti, s'il ne s'était pas produit un petit événement, cette nuit-là. Sur cette paillasse qui sentait la pisse, j'ai fait un rêve singulier. J'étais seul, au milieu d'un stade silencieux. Je traçais les lignes blanches à la chaux, avec une machine qui couinait à chaque tour de roue. Je m'appliquais, je prenais tout mon temps. Puis, mon travail achevé, je m'asseyais au centre du terrain et je demeurais là, éprouvant un sentiment de quiétude qui n'avait pas d'équivalent. Comme si ces lignes blanches étaient des remparts qui me protégeaient de tout.

À mon réveil, je me suis souvenu de ce rêve. C'était comme une révélation. Être joueur n'était pas le plus important. Ce qui me manquait, ce n'était pas le jeu lui-même, c'était de ne plus fréquenter cet espace où je me sentais en sécurité. Je devais juste retourner sur le terrain et tout irait bien. Et quand les flics m'avaient libéré, sur le coup de midi, je n'avais plus qu'une obsession, appeler la fédération et me renseigner sur la marche à suivre pour obtenir un diplôme d'entraîneur.

— Est-ce que je ferme le vestiaire, monsieur Barteau ?

C'était le gardien du stade. Il était juste derrière moi, dans la lumière du crépuscule.

— Allez-y, Émile.

— Vous avez récupéré votre auto finalement ?

— Non. Mais Meunier va me ramener. Bonne soirée.

Je suis resté encore un moment, le temps que les lumières s'éteignent. La pluie continuait de tomber serré et dans la surface de réparation une piscine commençait à se former. Ça promettait pour demain.

2

J'ai traversé le parking désert et marché jusqu'à l'arrêt de bus, enfin ce qu'il en restait. Depuis que la municipalité avait décidé de supprimer la ligne, il avait subi plusieurs attaques. Les parois de verre avaient volé en éclats et le banc avait brûlé, mais le toit était toujours là, et je me suis calé sous cet abri providentiel. Même s'il n'était pas très tard, la cimenterie avait déjà fermé ses portes et, comme c'était la seule activité du coin, il régnait sur le plateau un silence absolu. Ça m'a rappelé mes fugues de gosse. Quand je m'aventurais le plus loin possible de chez moi et que je restais caché, dans un jardin public ou sous un pont, à écouter et observer. C'était grâce à l'une de ses échappées que j'avais découvert le foot, finalement. Cette fois-là, mon père avait battu son record. À peine installé à table, il avait fait voler les assiettes et tout ce qu'il y avait dedans pour une histoire de marque de mayonnaise, et moi, qui n'en ratais pas une, je l'avais regardé dans les yeux, et bien sûr il ne l'avait pas supporté. Il avait commencé à me courser, retirant sa ceinture et la faisant claquer sur les murs, un vrai cirque. Et comme je savais déjà comment allait réagir ma mère, regarder ailleurs et laver la cuisine à grande eau, tout sauf intervenir, j'étais sorti par la grille du jardin, j'avais longé les voies ferrées, puis traversé la nationale pour m'aventurer dans le quartier des Grassin, que je n'avais jamais osé explorer auparavant.

Quand mes parents parlaient de ce coin, c'était toujours pour en dire du mal. D'après eux, c'était le repère des trafiquants, des voleurs de voitures, et je les avais même entendu dire qu'une fille y avait été retrouvée égorgée dans une poubelle. Mais ce jour-là, poussé par la rage, j'ai marché comme un automate à travers les rues abandonnées, remonté une avenue qui semblait ne pas avoir de fin, et dont les maisons avaient les volets clos ou les fenêtres murées. Je suis arrivé à une sorte de rond-point, qu'une voiture sans roues occupait, j'étais vraiment loin de chez moi, et il faisait presque nuit. J'ai hésité à continuer mais quelque chose a attiré mon regard, un grand poteau surmonté de projecteurs. Je me suis avancé jusqu'à l'extrémité du plateau, et là, en contrebas, j'ai découvert les terrains. Il y en avait trois, impeccablement tracés.

J'ai dévalé la pente parmi les herbes folles et je me suis approché d'une poignée de garçons, pas plus de quatre ou cinq, qui s'entraînaient à tirer des corners. Ils devaient avoir une vingtaine d'années, et tous portaient un maillot d'un des clubs qu'ils vénéraient. Manchester, Barcelone, Milan AC. Ils se lançaient des blagues et se cherchaient. Ce n'était pas un entraînement intensif. Parfois ils accéléraient le jeu pour enchaîner un tir, un une-deux, parfois ils s'arrêtaient et bavardaient, et à la fin ils se sont allongés dans l'herbe pour une séance d'étirements, tandis que l'un d'eux racontait une histoire qui provoquait leurs rires en cascade. Ils ne m'avaient pas repéré, ou alors ils se fichaient de ma présence. Je suis resté là, jusqu'à la nuit, à les observer de loin. Je les ai vus reprendre le jeu, aligner des reprises de volées, des lobs plus ou moins réussis, et mimer des postures de vainqueurs, pour un petit pont, une talonnade. Puis je suis rentré, sans sentir le froid, alors qu'on était en novembre, sans même une appréhension quand je suis repassé à travers ces quartiers sans vie, habité par ce que je venais d'éprouver. J'ai franchi la grille et j'ai retrouvé ma mère dans sa cuisine, brossant le carrelage jusqu'à s'en retourner un ongle, et mon père écroulé dans le canapé, la bouche ouverte, face à sa série à la con, anéanti par l'alcool, pour un temps inoffensif, mais ça n'avait plus d'importance, parce que j'étais hors d'atteinte. Je m'étais trouvé un monde à moi.

Un pinceau de lumière a balayé la nuit et deux phares sont apparus au bout de la ligne droite. C'était Meunier. J'étais presque surpris qu'il soit déjà là. Il s'est arrêté à ma hauteur et s'est penché pour ouvrir la portière, avec un sourire beaucoup trop grand. Au point que je me suis demandé à qui il s'adressait.

J'ai compris dès que je me suis assis. Ça sentait le neuf, à tel point que c'en était écœurant. Il avait besoin de me montrer son nouveau jouet. Ça ne pouvait pas attendre. C'était pour ça qu'il m'avait proposé de me raccompagner.

— Donne-moi ton adresse, a-t-il dit.

— Tu te rappelles plus où c'est ?

— Si, mais c'est pour que tu voies un truc, le dernier GPS, ça te fait ton parcours en 3D, hallucinant…

Je l'ai regardé pour voir s'il était sérieux. Bien sûr qu'il l'était.

— Devine combien je l'ai raquée ? Tu vas pas le croire…

— Dix mille.

— T'es dingue, t'as plus rien pour dix mille !

— La mienne, je l'ai payée six…

— La tienne, c'est une épave. D'ailleurs elle est toujours en rade. Celle-là, je l'ai eue pour vingt-deux mille alors qu'elle en vaut sept de plus. Avec la crise, les mecs sont prêts à tout pour faire du chiffre. Bon, tu me la donnes cette adresse ?

Meunier avait vécu chez moi, un trimestre. Il avait été embauché comme comptable par le club et, comme aucun des logements disponibles ne lui allait, la direction m'avait demandé si je voulais bien l'héberger, le temps de lui trouver un endroit à sa convenance. Depuis, il faisait comme si nous étions copains, pour moi, au contraire, cette période avait surtout démontré à quel point nous étions éloignés. C'était le genre à sortir et à rentrer tard, et moi, j'aime rester chez moi, il ne remplissait jamais le frigo et passait le plus clair de son temps à marcher de long en large, son téléphone greffé à l'oreille, et à raconter sa vie comme si je n'étais pas là. Quand il m'avait rendu les clefs, je m'étais senti soulagé.

— Dis donc, tu fais pas le con, ce soir, tu viens !

— Compte pas sur moi. J'ai pris la flotte toute la journée.

— Déconne pas, va y avoir de la gonzesse !

— Tant mieux pour toi.

— Arrête, ne me dis pas que tu t'en balances, t'as pas tiré un coup depuis combien de temps, hein ? Entre hommes, on peut se dire ça non ? Alors combien ? Six mois ? Un an ?

Pendant qu'il parlait, je voyais se balancer un médaillon attaché au rétroviseur. C'étaient ses gosses et sa femme en photo, regroupés dans un cœur en plastique rose.

— Il est pas au point ton GPS. On se rallonge de plusieurs kilomètres…

Je surveillais d'un œil l'avancement de la voiture en 3D sur le petit écran haute définition.

— Impossible.

— Par la gare c'est deux fois plus court.

— T'as été marié ?

— Non.

— C'est marrant, on a partagé ta baraque et je sais rien de ta vie. T'as vécu avec une bonne femme quand même ?

— Oui.

— Et alors ?

— C'est pas mon truc.

Je me suis soudain rendu compte qu'il n'avait pas seulement fait l'acquisition d'une voiture. Il avait aussi acheté un costume dont la couleur était coordonnée au garnissage intérieur, un gris perle du plus bel effet. Au feu, il s'est contemplé dans le rétroviseur, le menton conquérant.

— T'es pédé ? Non, je blague… allez, fais un effort. Tu sais que t'as tapé dans l'œil de la nouvelle, au service comptable ?

— Super.

— Tu t'en fous ?

— Un peu, oui.
— Tu me juges ?
— De quoi ?
— De tromper ma femme.
— C'est ton problème.
— C'est mon problème, mais tu le ferais pas.
— Je peux pas savoir, je vis pas avec quelqu'un. Tu peux me laisser là. C'est un sens interdit maintenant.

Il s'est rangé à l'angle de la rue. Il voulait encore parler, mais je ne l'ai pas aidé. Je suis sorti vite fait de la voiture.

3

À pied, il y avait moins de deux cents mètres à faire avant de tomber dans la rue des Platanes, où se trouvait mon pavillon. J'allais prendre un bain très chaud, pour répondre à toute cette pluie glacée, me préparer un plateau-télé, regarder un bon film, une comédie de préférence, ou peut-être dormir direct. Qu'est-ce qui pouvait m'en empêcher ? Rien.

Je savais que la blonde de la comptabilité en pinçait pour moi. Je l'avais croisée plusieurs fois dans les bureaux du club, et toujours elle s'arrangeait pour traîner dans les parages pendant que j'attendais d'être reçu par le président. Mais je n'étais pas intéressé. Je n'étais pas un moine, je n'étais pas insensible au charme féminin. Mais depuis que je m'étais installé à Sedan, j'avais décidé d'assumer ma condition de solitaire. Une bonne fois pour toutes. Ça n'avait pas toujours été le cas, contrairement à ce que pouvait penser Meunier. J'avais eu pas mal d'aventures au fil des années, j'avais même vécu en couple, seulement rien n'avait marché. Pourquoi avais-je tant de mal à me lier à quelqu'un ? C'est une question que je m'étais souvent posée. Est-ce que c'était dû à mon histoire familiale ? Ou simplement à mon caractère ? Un peu aux deux probablement.

Déjà, à l'époque du sport-étude, lorsqu'on allait boire un verre avec les garçons de ma classe, je les regardais, à distance, draguer avec plus ou moins d'habilité, mais je préférais rester juché sur mon tabouret. J'étais trop à vif, trop jaloux de mon indépendance pour m'impliquer dans une relation. Cependant, avec le temps, j'étais descendu dans l'arène, malgré tout. Quand on est footballeur, il y a toujours des demoiselles qui vous tournent autour, et c'est plus facile de dire oui que non. J'avais eu des histoires avec toutes sortes de filles, des gentilles, des colériques, des fantasques, sans que je puisse m'attacher à aucune, au point que cette réticence à m'engager avait fini par me peser et que j'avais décidé de vivre avec quelqu'un, comme un défi.

Elle s'appelait Sophie Pinton et c'était la fille du président du club de Limoges, lui-même voyant d'un bon œil que je me stabilise. Sophie était très gentille, et drôle, du moins au début de notre relation. C'était la personne idéale pour tenter le coup, et j'avais fait de réels efforts pour que ça marche. Je m'étais acheté des chemises. J'avais repeint les murs d'un appartement, posé des étagères, choisi un canapé en accord avec les rideaux, accepté de discuter du meilleur endroit pour les vacances, réparé des prises électriques, dîné chez les parents, le dimanche soir. Toutes ces choses qui font que vous êtes accepté en société, qu'on vous considère comme quelqu'un d'équilibré. J'avais joué le jeu le plus longtemps possible. Et puis un jour, Sophie m'avait demandé de lui faire un enfant et j'avais vu mes limites. J'avais été saisi, en pleine nuit, d'une crise d'angoisse irrépressible. J'étouffais, même avec la fenêtre grande ouverte, et mon mal-être allant grandissant, je n'avais eu d'autre choix que de rompre et de me réfugier à l'hôtel, où j'avais repris peu à peu mes esprits et où ma solitude retrouvée, loin de me peser, m'était apparue comme une libération. Est-ce que je ne l'avais pas toujours été, seul ? Déjà dans ma propre famille. Dans la cour de l'école, aussi. Alors autant accepter ma condition, plutôt que de m'épuiser à faire semblant. Et pour ce qui était de mes relations avec les femmes, j'étais juste capable, il fallait que je finisse par l'admettre, d'une forme de camaraderie, autour d'une relation sexuelle. Mais la porte devait toujours rester entrouverte, et, quand elle en voulait davantage, je ne pouvais que faire mon sac en essayant de la blesser le moins possible.

Une fois, une unique fois, j'avais éprouvé quelque chose qui pouvait ressembler à de l'amour. C'était peu après que je m'étais installé à Créteil pour jouer en National. Je venais de récupérer un deux-pièces, grâce au club, dans une cité proche du stade municipal. J'avais emménagé quasi en même temps qu'une étudiante en histoire de l'art originaire de Croatie, venue passer son diplôme en France. Je l'avais aidée à monter ses cartons. Elle s'appelait Mila Brekjovic et son visage était en partie défiguré, par ce qu'elle avait qualifié, plus tard, de fait de guerre, sans vouloir en dire plus. Mais pour ma part je la trouvais très belle. Elle avait des yeux extraordinaires. Notre relation s'est tissée peu à peu à travers des détails du quotidien. Nous nous sommes d'abord aperçus à la laverie automatique, puis, un jour, son courrier a été déposé dans ma boîte et j'ai sonné chez elle pour le lui restituer. Nous avons commencé à échanger des sourires lorsque nous nous croisions, quelques mots de politesse banale. Sans que nous soyons jamais allés au-delà, je me sentais proche d'elle, bizarrement. Était-ce parce qu'elle était étrangère ? Tous ces gens installés, certains de leurs repères, m'effrayaient. Mila me rassurait, elle, dans sa manière d'être de passage, son monde tout entier contenu dans une valise. Et puis elle avait traversé la guerre, elle savait ce qui pouvait se cacher derrière les façades impeccables, les jardins bien ordonnés. Un soir, une panne d'électricité dans tout le bloc a amené ma voisine à s'enhardir. Nous avons partagé une bougie dans ma cuisine et, en guise de repas, une simple boîte de sardines. Mais ensuite, je l'ai laissée repartir chez elle. Qu'est-ce qui m'empêchait de la prendre dans mes bras ? Qu'est-ce que j'attendais ? J'ai fini par me convaincre que je devais tenter quelque chose. Promis juré, j'allais lui proposer de sortir avec moi, au retour d'un tournoi dans le Sud où le club était engagé. Mais quand je suis rentré, il y avait un mot sous ma porte. Elle était retournée dans son pays. Elle me remerciait pour tout. Et j'étais resté prostré, avec ce mot entre les mains, le lisant et le relisant encore, atteint au plus profond de moi-même. Comme si je venais de perdre l'unique personne en qui j'avais confiance. Avec qui j'aurais pu me lier.

Des éclats de voix m'ont soudain ramené au présent, dans la rue des Platanes, et j'ai cherché d'où ils provenaient dans l'obscurité. D'une maison située sur le trottoir d'en face. La fenêtre du salon était ouverte et on pouvait voir une femme qui se tenait sous le lustre, la tête basse, et un homme qui passait et repassait devant elle en agitant les bras. Ils se disputaient, visiblement. Puis l'homme a refermé la fenêtre quand il a réalisé que leur intimité était exposée. J'en ai souri, malgré moi. C'était exactement ce que faisait mon père avant d'exploser, vérifier que porte et fenêtres étaient fermées. Que notre petit enfer personnel ne risquait pas d'éveiller la curiosité des voisins. J'ai poussé la grille et traversé le jardin à grandes enjambées.

En entrant chez moi, j'ai allumé la lumière du couloir et je me suis dirigé droit vers la salle de bains. J'ai ouvert à bloc les robinets de la baignoire. J'ai commencé d'enlever mon blouson, mes chaussures, quand la sonnerie de l'entrée s'est fait entendre. Qui ça pouvait bien être ? Je n'attendais personne, et surtout pas à cette heure-là. À tous les coups ce devait être une erreur. Comme mon voisin n'avait plus de numéro sur son portail, les gens se trompaient facilement.

En ouvrant la porte, la silhouette d'une femme m'est apparue. J'ai mis un instant à la reconnaître car le jardin était sombre. Et puis la couleur de ses cheveux avait changé. Ce n'était pas une erreur, tout du moins de numéro, c'était ma sœur Madeleine.

4

Je me souvenais de quelqu'un d'agité, mais pas à ce point-là. Madeleine a foncé droit dans le salon, fait mine de s'asseoir puis s'est ravisée, comme si le canapé était brûlant. Elle a plongé dans son sac et commencé à me parler, le nez dans ses affaires.

— T'as pas une cigarette ?

— La dernière fois qu'on s'est vu je ne fumais déjà plus, et ça doit faire au moins deux ans.

— Tant que ça…

— Oui.

— Quand même, on s'est parlé au téléphone.

— Disputé, tu veux dire. T'es venue comment ?

— On m'a prêté une caisse.

Elle était blonde maintenant. Mais elle avait gardé ses sourcils châtains. On sentait que quelque chose clochait.

— T'es toujours à Saint-Quentin, chez ta mère ?

— Non, je suis remontée sur Paris. Pourquoi tu dis pas maman ?

— Ça ne me vient pas naturellement.

Elle a fini par s'asseoir, et moi je suis resté debout. Rien n'avait jamais été facile entre nous.

Madeleine était mon aînée. Elle avait cinq ans de plus que moi et j'avais toujours eu le sentiment que nous n'avions pas été élevés sous le même toit. Les premières années, il y avait trop de différence d'âge pour que nous partagions vraiment quoi que ce soit ensemble, et quand nous nous étions installés à Saint-Quentin, elle était déjà une adolescente, et ma mère avait poussé pour qu'elle aille en lycée professionnel, apprendre le secrétariat. Elle s'était retrouvée en internat et je ne la voyais que le week-end, si on peut dire voir, puisqu'elle s'enfermait dans sa chambre et n'en sortait que pour s'engouffrer dans la salle de bains et s'y « préparer », comme elle disait. À table elle ne mangeait rien et regardait par la fenêtre en permanence, comme si le prince charmant allait se pointer. À part ça, elle se prenait les réflexions de mon père sur la longueur de ses jupes, mais elle se débrouillait toujours pour éviter l'affrontement. Pour ça, elle me semblait maline, bien plus que moi. Elle arrivait, elle partait, elle ne se laissait pas coincer. Et puis elle était montée à Paris, son diplôme en poche, pour travailler dans les bureaux. Ce qui fait qu'elle n'avait rien connu, ou pas grand-chose, de la guerre nucléaire qui s'était déclarée dans cette maison, un peu après notre emménagement à Saint-Quentin. C'est bien simple, pour elle, nos parents s'étaient figés dans le temps, comme des statuettes sur une cheminée. Elle n'avait pas remarqué que les costumes de mon père avaient commencé à se défraîchir, qu'il cachait des bouteilles dans les armoires et que ma mère avait attaqué les cachets.

— Il faut absolument que tu me dépannes. Je suis dans une merde noire.

— T'as besoin d'argent ?

— Pas du tout. J'ai réussi à décrocher une formation. Dix jours en immersion totale. Avec ça j'ai une vraie chance de retrouver du travail. Mais c'est les vacances, et j'ai mon gamin. Une copine devait le prendre chez elle, mais elle m'a claqué dans les doigts au dernier moment.

— Fais-le garder.

— On voit bien que tu n'as pas de gosse. Tu sais ce que ça coûte, une baby-sitter à plein temps ? Et tu peux toujours courir pour en trouver une au pied levé…

— C'est si urgent que ça ?

— Je rentre en stage après-demain.

— Pourquoi tu ne l'amènes pas à Saint-Quentin ?

— Maman est retournée à l'hôpital.

— Tu n'étais pas avec un type ? Vous ne deviez pas partir en Amérique du Sud ?

— On s'est séparés.

Le silence s'est installé dans la pièce. Madeleine avait trouvé ses cigarettes. J'ai vu que sa main tremblait un peu, qu'elle aspirait et recrachait la fumée trop fort. Elle s'était mis du fond de teint pour se donner des couleurs, mais l'avait étalé de façon inégale. Il s'arrêtait à la ligne de la mâchoire et le haut du cou était blanc. On aurait dit un masque. J'étais en train de récapituler. Elle n'avait plus de travail. Son mec l'avait larguée. Quel âge avait son enfant ? Comment s'appelait-il déjà ?

— Léonard. Il a treize ans.

— Hein ?

— Tu es en train de chercher le nom et l'âge de mon fils. Il s'appelle Léonard et il a treize ans.

— Mais attends... il est où d'abord ?

— Dans la voiture.

— Tu plaisantes.

Elle avait toujours eu de l'aplomb. Enfant, je l'avais surprise à voler dans le sac de ma mère et à pouvoir lui demander son argent de poche, sans aucune honte, l'instant d'après.

— Va le chercher tout de suite.

— Alors tu le prends ?

— Je n'ai pas dit ça !

— Alors dans ce cas, il vaut mieux qu'il ne rentre pas, tant que tu n'es pas décidé.

— Tu laisses ton gosse dans une voiture.

— Il adore ça.

— Quoi ?

— Il adore rester seul dans un endroit fermé. C'est ce qu'il préfère. Par contre il déteste les situations qui ne sont pas claires. S'il te voit hésiter, il va flipper...

J'ai senti monter la colère, mais je suis parvenu à la maîtriser.

— Il faut que j'arrête mon bain.

— Je suis désolée, Vincent. Si j'avais une autre solution...

— Je ne t'ai pas dit oui.

J'ai rejoint la salle de bains et fermé les robinets. Je me suis assis sur le bord de la baignoire. Dix jours, ce n'était pas le bout du monde, c'était le procédé qui me dérangeait, cette manière de rentrer dans ma vie à l'improviste. Quand je suis ressorti, Madeleine avait gardé la même position, au bord du canapé. On aurait dit une marionnette dont les fils étaient relâchés.

— Je peux te proposer une chose. Vous pouvez dormir là. De toute façon vous n'allez pas rouler cette nuit, et comme ça on aura tout le temps de parler…

— Parler de quoi ?

— De ton fils. De ta situation…

— Tu n'as pas confiance…

— Non.

Madeleine a compris qu'elle n'avait pas le choix. Elle a hoché la tête et s'est levée. Elle a marché droit vers la porte. Ce n'était pas ce qu'elle avait imaginé. Elle avait pensé me déposer son fils dans un élan d'audace, me surprendre, et repartir aussitôt, avant que j'aie eu le temps de réaliser. Au lieu de ça, elle allait devoir rester un peu. Avec ce frère qui ne lui ferait aucun cadeau.

5

Je me suis avancé sur le seuil pour voir à quoi ressemblait mon neveu. J'ai compris pourquoi je n'avais pas vu Madeleine en rentrant chez moi. Elle s'était garée de l'autre côté de la rue, un peu plus bas. La voiture qu'on lui avait prêtée était une antique Renault 18. Je pensais qu'il n'y en avait plus en circulation.

Madeleine a ouvert la porte côté passager et son fils est descendu. Elle s'est mise à lui parler, sûrement pour l'informer du programme, puis elle a sorti un gros sac du coffre et ils ont marché vers moi. J'avais l'impression d'être dans un film de science-fiction. J'allais me réveiller.

— Léonard, c'est mon frère Vincent.

— Bonsoir, Léonard.

Je n'ai pas réussi à capter le regard du gamin. Je me suis demandé s'il était timide ou si la situation le contrariait. Sûrement les deux.

— Il est toujours dans la lune, a dit ma sœur. Souvent les gens prennent ça pour de l'impolitesse. Mais ce n'est pas ça, il est ailleurs, c'est tout.

— Je n'ai rien dit.

Je les ai laissés passer devant, et ils sont entrés dans la maison. Léonard avait une forme de tête particulière. On aurait dit qu'il avait la boîte crânienne d'un adulte, mais posée sur un cou d'enfant. Nous nous sommes retrouvés tous les trois dans le salon.

— Vous voulez manger quelque chose ?

— On a pas arrêté de se gaver de conneries sur la route. Et puis Léonard a l'habitude de se coucher très tôt. D'une manière générale, il dort beaucoup.

C'était maintenant le visage tout entier de Léonard qui m'intriguait. Il était lisse de toute émotion.

— Alors je vais lui montrer sa chambre.

Je les ai précédés dans le couloir qui menait aux chambres du fond. Il y en avait trois, dont une assez grande, celle que Meunier avait occupée. C'était un malentendu qui m'avait permis de disposer d'un logement aussi vaste. Le secrétariat du club avait confondu ma fiche de renseignements avec celle d'un autre candidat, père de famille de trois enfants, et la mairie m'avait proposé un pavillon en conséquence, qui comportait pas moins de quatre chambres. Bien sûr, quand j'étais arrivé à Sedan, le club avait pu se rendre compte de l'erreur, mais les offres de logement n'étaient pas si nombreuses, ce qui fait que j'avais gardé le pavillon, avec l'éventualité d'un déménagement, pour finir j'étais resté, et à présent personne n'en parlait plus.

Je me suis retourné pour faire face à ma sœur. En sonnant à ma porte, elle avait donné son maximum pour paraître au meilleur de sa forme, mais là elle avait un sérieux coup de barre.

— Il n'a qu'à prendre une des deux petites. Celle qu'il préfère. Et toi la grande.

— Ne lui laisse pas le choix. Il n'aime pas ça.

Ma sœur est entrée dans la chambre la plus proche. Elle a posé le gros sac au milieu et a commencé à fouiller dedans, tandis que le gamin s'asseyait au bord du lit.

On aurait dit que Léonard était un cosmonaute. Cette image m'est venue à cause de sa posture. Il ne portait qu'un simple Kway sur son pull en laine, mais on avait l'impression que ses vêtements pesaient des tonnes et que ses mouvements étaient limités. À quoi pouvait ressembler le son de sa voix ? Je ne l'avais toujours pas entendu. Son regard avait cessé de balayer le vide et s'était posé sur un point bien précis. Les mains de sa mère, occupée à trier ses affaires et les siennes. Il attendait quelque chose. Sa jambe droite s'est mise à battre, de plus en plus vite, puis soudain elle s'est arrêtée quand Madeleine lui a tendu un coffret recouvert de skaï noir.

— Je vais chercher des draps, ai-je dit.

— Il peut dormir comme ça, tu sais.

— J'en ai tout un stock qui ne servent jamais. Autant les utiliser.

En m'installant dans le pavillon, j'avais pu constater qu'il était déjà meublé et que tout avait été prévu, de l'aspirateur aux fourchettes, en passant par la literie, pour y vivre au quotidien, il n'y avait pratiquement rien à acheter. Ce qui m'allait très bien. Façonner un lieu à mon image, m'entourer d'objets personnels, ça n'avait jamais été ma préoccupation.

J'ai ouvert la grande armoire de la buanderie. Il y avait de quoi faire les lits de tout un régiment. Tout était plié, impeccable.

Léonard dormait déjà quand je suis revenu dans la chambre. Il était allongé en chien de fusil, enroulé dans la couverture matelassée. Et le coffret noir était à côté de lui.

— Quand il a sommeil, il tombe d'un coup.

C'était la voix de ma sœur, dans la salle de bains. Elle était en train de disposer les accessoires de toilette de son fils.

— Tu n'auras pas à nettoyer derrière lui. Il est très propre. Et surtout, il ne veut pas qu'on touche à ses affaires. Il peut piquer une crise pour une brosse à dents de travers…

— Ne fais pas comme si j'avais accepté.

— Excuse-moi.

Ma sœur me tournait le dos, ses gestes se sont ralentis. J'ai senti qu'elle encaissait.

J'ai regardé ce garçon, sur le lit, entré chez moi par effraction. Il respirait fort. Ses paupières fermées étaient traversées d'ondes nerveuses.

— C'est toi qui as posé ce papier peint ?

— Non. C'était comme ça.

— C'est horrible, non ?

— C'est la première fois que quelqu'un dort dans cette chambre. Je n'y entre que pour aérer.

— Tu vis toujours seul alors ?

— Comme tu vois.

J'ai considéré la chambre comme si je la découvrais. Et c'était le cas. Une grand-mère avait dû vivre là. Les meubles dataient des années cinquante et les bibelots en porcelaine n'auraient pas résisté à un enfant. C'était vrai que le papier peint était hideux, on pouvait même dire inquiétant. Je me suis demandé si un gosse se réveillant dans cet endroit pouvait avoir peur à cause de ces fleurs monstrueuses. Mais j'ai chassé cette interrogation. Ce n'était que pour une nuit.

6

J'ai regardé dans le frigo ce qui me restait. Je n'avais pas fait de courses depuis plusieurs jours et ça commençait à se voir. J'ai quand même trouvé des pommes de terre cuites à l'eau, de la salade, un morceau de fromage et des œufs. Je pouvais faire une omelette. Dans mon dos, je sentais ma sœur qui m'observait.

— Et c'est quoi, cette formation, exactement ?

— C'est sur l'outil informatique. Si tu ne suis pas l'évolution du matériel, tu n'as aucune chance, déjà que c'est devenu la guerre pour le moindre boulot...

— T'avais pas une superplace dans une boîte de vente par correspondance ? Tu devais pas avoir une promotion ?

Rien qu'à entendre couiner la chaise, je savais ce qu'elle faisait. Quand elle se mettait à raconter quelque chose, elle n'arrêtait pas de s'agiter, comme si elle cherchait une position qu'elle ne trouvait jamais.

— Tu parles d'une galère ! Je bossais même le week-end. J'étais comme une folle. Je devais passer directrice de secteur. Je ne l'ai pas inventé ! Mais un lundi matin, à l'ouverture, les flics ont débarqué. J'ai appelé le patron sur tous ses téléphones. Volatilisé. Il truquait depuis des années, fausses factures, cavalerie, toute la panoplie…

Les histoires de Madeleine avaient toutes un point commun. Au départ, elles offraient des perspectives mirifiques, puis elles s'embrouillaient et, à la fin, elles se terminaient en eau de boudin.

— Et c'est là que tu es remontée à Paris.

— Oui. Une copine m'a proposé de partager un boulot à mi-temps. Son mec venait de se tirer et elle pouvait me loger aussi. Elle voulait se lancer dans un autre truc, mais sans lâcher son job. Sauf que ça n'a pas marché et qu'elle a repris son plein temps. J'habite toujours chez elle. La R18, c'est sa bagnole…

— Donc tu n'as plus rien.

— J'ai le chômage mais c'est la fin. Cette formation, je peux pas la louper.

J'ai jeté les œufs sur les patates et l'omelette s'est formée. J'ai posé sur la table le pain, le fromage et la salade. Je me suis installé face à ma sœur et j'ai attaqué mon assiette.

— Tu ne veux vraiment rien ?

— Maintenant que je te vois, j'ai faim.

— Prends-toi une assiette alors.

J'ai séparé mon omelette en deux et je lui en ai glissé une portion.

— Je ne voudrais pas te priver.

— Tu me l'aurais dit avant c'était mieux, c'est tout.

— Tu vois…

— Mange.

Madeleine s'est ruée sur la nourriture. Elle était là, en chair et en os, dans ma cuisine. Je devais rester bien éveillé et surtout anticiper sur les effets de cette intrusion. À chaque fois que ma sœur avait croisé ma vie, il y avait toujours eu des conséquences. Et le plus souvent désastreuses.

— Tu la fais comme maman. Un peu baveuse.

— D'où tu sors ça ?

— Elle faisait l'omelette exactement comme…

— Bon, ça va maintenant avec ça, on passe à autre chose, d'accord ?

Elle s'est appliquée à mâcher sans ouvrir la bouche. Il n'y avait plus aucun bruit dans la maison. On était là tous les deux, face à face, à cette table ronde. Le camion poubelles est passé dans la rue. On n'entendait que lui.

— Elle est malade, tu sais. Son cancer a repris. Les séances, tout.

— Si tu parles encore d'elle, je te fous dehors.

Madeleine a laissé sa fourchette en suspens. Elle avait pensé avoir un peu plus de marge, mais elle s'était trompée.

— Il faut que tu comprennes une chose. Tu ne pourras jamais m'apitoyer sur son sort. Et la maladie ne change rien. Son cancer, elle se l'est gagné. C'est ce qu'elle a fait qui la ronge, ou plutôt ce qu'elle n'a pas fait.

— Tu ne peux pas dire ça…

— Si. Je peux. Je ne te demande pas de penser comme moi. Je ne suis pas venu te chercher. Tu as vécu ton truc et moi le mien. C'est tout. On n'a rien à se dire, rien à partager de ce côté-là. Tu n'as pas compris ça depuis tout ce temps ?

— Non. Je dois être conne.

Sa bouche s'est mise à trembler. Tout d'un coup c'était la petite fille que j'avais sous le nez. Il ne manquait plus que ça.

— C'est quoi, l'autre côté ?

— Hein ?

— Le côté à partager…

— Si tu arrêtes de toujours enjoliver le passé, peut-être qu'il existera.

J'ai vu qu'elle était tentée de me répondre, mais elle a renoncé. Elle n'avait vraiment plus la force. Elle a mangé une dernière bouchée, plus lentement. Elle a grimacé comme si elle avait du mal à avaler. Un détail a attiré mon regard. Elle toujours si soignée, ses ongles étaient sales. Elle avait dû bricoler la R18 en chemin pour pouvoir arriver jusqu'ici.

— Tu devrais prendre du fromage.

— Non, ça va. Je te remercie. Je crois que je vais aller me coucher.

— Si tu n'as pas assez avec la couverture, il y en a d'autres dans l'armoire. Si tu veux te doucher, il faut laisser l'eau couler un moment avant qu'elle soit chaude.

Elle s'est levée. Elle a hésité à faire le tour de la table pour m'embrasser. Elle a préféré ne pas s'y risquer. Elle devait croire que j'allais la mordre.

— Bonne nuit, alors. Et merci.

— De quoi ?

— De ne pas nous avoir laissés dehors.

— Tu me prends pour qui ?

7

Je me suis mis au lit direct et j'ai éteint la lumière. Au début j'ai cru que ça allait marcher, et puis j'ai compris que je me trompais. J'avais les poings serrés, comme chez le dentiste, et les yeux grands ouverts. Le passé était entré dans la pièce.

J'avais vu ma mère pour la dernière fois le 8 juillet 1998, en pleine coupe du monde, le jour de la demi-finale France-Croatie. À cette époque je n'allais déjà plus à Saint-Quentin qu'une fois par an et je me débrouillais toujours pour débarquer à l'improviste. J'appelais, je voyais si mon père était là, et, s'il était absent, je passais. C'était à prendre ou à laisser, et ma mère le savait.

C'était tombé le jour de son anniversaire, un pur hasard, je m'en étais rendu compte au dernier moment, mais il était trop tard pour faire marche arrière et, d'une certaine façon, c'est ce qui avait tout déclenché. Parce que, bien sûr, elle avait acheté un gâteau pour donner à cette visite un côté célébration, et ça, pour célébrer, on l'avait fait.

Au début les choses s'étaient plutôt bien passées. Ma mère pouvait m'attendrir. Il ne faut pas croire qu'il est toujours facile d'être dans la rage. On est parfois content de découvrir qu'on peut être un imbécile comme un autre. C'est comme de se gaver de friandises trop sucrées en regardant une comédie à deux balles. On sait parfaitement qu'on aura mal au ventre et que rien ne nous restera de ce film, mais, sur l'instant, ça fait du bien. C'est ce genre de chose que j'étais allé chercher ce jour-là, en sachant très bien à quoi je jouais et en étant content de le faire.

Il faisait un temps magnifique et nous nous étions installés dans le jardin. Ma mère avait revêtu pour la circonstance une robe à fleurs qui la rajeunissait. Elle parlait, elle parlait, mais je n'écoutais pas. Je la regardais. Sa petite taille, c'était quelque chose qui m'avait toujours attendri. Quand elle s'asseyait sur une chaise, ses jambes ne touchaient pas le sol, et quand elle était d'humeur espiègle, ce qui lui arrivait, elle battait des mollets comme une petite fille. Évidemment, je n'étais pas dupe. Les petites filles faisaient des calculs, aussi bien que les grandes personnes, peut-être même davantage, et de ce côté-là ma mère était une reine, une reine à Saint-Quentin, dans un pavillon aux fondations instables, mais une reine quand même. Je le savais, et toutes les conséquences pitoyables qui en découlaient, mais j'avais besoin de m'attendrir, et j'avais décidé de m'accorder ce plaisir, dans ce jardin, cet après-midi-là.

Nous avions même été jusqu'à parler de ma sœur, de ses amours et des miennes, du travail, toutes ces choses qui font les conversations des gens sans qu'un écueil se dresse à l'horizon.

Et puis, au moment où je m'y attendais le moins, et peut-être justement parce que je m'étais relâché, une simple phrase avait tout fait basculer. Pourquoi mon attention s'était-elle réveillée à cet instant ? Pourquoi avais-je entendu cette phrase-là plutôt qu'une autre ? Parce que le soleil s'était caché ? Parce que je n'aimais pas ce mousseux ? Parce qu'on ne peut jamais longtemps s'éloigner de soi ?

Ma mère avait dit, de sa voix pointue : « Malgré tout, on a eu de bons moments, non ? » Et tout est parti de là.

J'ai marqué un temps d'arrêt, comme s'il fallait que cette phrase arrive à mon cerveau. Je l'ai regardée longuement pour évaluer si elle avait mesuré l'effet de ses mots. J'ai vu son visage pâlir, pressentant la catastrophe.

J'ai soupiré, hoché un peu la tête, comme un boxeur qui comprend que le match ne sera pas terminé tant qu'il n'aura pas mis son adversaire au tapis, et j'ai commencé à lui répondre, d'une voix calme, presque détachée. Ce n'était d'ailleurs pas véritablement une réponse, plutôt un réquisitoire. Tout y est passé, avec méthode et précision, de ce que j'avais à reprocher à mon enfance. Les humiliations, les interdictions, les incompréhensions, je n'ai rien laissé de côté, des petites blessures d'amour-propre au jour grandiose où mon père m'avait cassé le bras en me jetant dans l'escalier, comme un vulgaire pantin, et où j'avais dû dire au chirurgien, aux amis de la famille et même à mes copains d'école que j'étais tombé par étourderie.

Au début, ma mère a bien tenté de m'opposer un point de vue plus nuancé, de rameuter les souvenirs de plage, les goûters, les cadeaux fabriqués à la main et les maladies qui leur avaient donné bien du souci, tout ce qui passait à sa portée et pouvait constituer un contre-feu, mais peu à peu, elle a abandonné, elle s'est recroquevillée sur elle-même. La petite fille a laissé place à une mère inepte, et, à la fin, sur cette chaise, il n'y avait plus qu'une vieille femme, sa part de gâteau devant elle, à peine entamée, la bougie fondue sur le chocolat, et nous avons compris tous les deux que cet anniversaire était en réalité un enterrement. Celui de notre histoire commune, que je venais de recouvrir de chaux vive.

Je suis reparti peu après. Et sur le trottoir où elle avait tenu à me raccompagner, comme pour obtenir encore quelques mètres, quelques secondes avec son fils, elle m'a dit « À bientôt j'espère », d'une voix étouffée, en n'y croyant pas elle-même.

Dans le train qui m'avait ramené sur Paris, j'étais resté longtemps comme abasourdi. J'avais toutes ces choses au fond de moi, après ces années ? Peut-être que si cette mise au point s'était produite un peu plus tôt dans notre histoire, je l'aurais jugée salutaire, mais là, j'avais senti monter en moi un sentiment de dégoût. Avoir rappelé à ma mère à quel point elle nous avait abandonnés, combien cette maison avait été hostile, ne pouvait plus rien m'apporter, désormais, si ce n'est de la tristesse. Il était trop tard pour réparer. Il était trop tard pour se venger. La meilleure chose que j'avais pu faire était d'avoir rompu avec mon enfance et cette parodie de famille. Cette décision m'avait sauvé la vie. Revenir à ce champ de ruines avait été la pire des erreurs, et je m'étais juré, dans ce train, de ne jamais la reproduire.

J'ai entendu un léger bruit. Dans d'autres circonstances, il ne serait pas parvenu jusqu'à mes oreilles, mais le souvenir avait aiguisé tous mes sens. C'était un tintement métallique en provenance de la cuisine. J'ai quitté mon lit et enfilé un peignoir, ouvert ma porte et rejoint la cuisine à travers la pénombre du couloir. Il n'y avait pas trace d'une présence, ni d'un dérangement, pourtant, à mieux y regarder, j'ai vu que le pain avait été coupé avec soin et qu'un morceau manquait. J'ai pensé aussitôt à Léonard. Il s'était endormi sans manger. Peut-être qu'il avait éprouvé le besoin de se restaurer, mais qu'il n'avait pas osé ouvrir le frigo.

Je me suis dirigé vers les chambres. Effectivement, celle qu'occupait le gamin était éclairée. Une image m'est apparue, furtive, tandis que je progressais dans ce couloir. Combien de fois, étant gosse, avais-je organisé des expéditions nocturnes en direction de la cuisine pour y prélever une boîte de conserve, du chocolat, des biscuits, ce que je trouvais, avant de retourner en courant dans ma chambre et de déguster sous mon lit ce festin de pirate à la lueur d'une lampe de poche, tout en préparant mes plans d'évasion.

Je suis arrivé à hauteur de la porte. Léonard était assis sur le lit, en tailleur. Il me tournait le dos. Il avait ouvert le coffret noir qui m'avait intrigué et l'avait disposé devant lui. Il s'agissait d'un jeu d'échecs. Il était totalement concentré. Il tenait le rôle des deux joueurs, alternativement, et contrôlait le temps de chacun à l'aide d'un chronomètre. Il n'avait pas conscience de ma présence et je pouvais l'observer tout à loisir. C'était fascinant. Il déplaçait les pièces avec une précision et une rapidité saisissantes, après un temps de réflexion qui ne dépassait jamais quelques secondes.

J'ai vu que le morceau de pain était près de lui. Il en croquait un bout régulièrement. Il l'avait presque fini. J'ai fait marche arrière vers la cuisine et rassemblé de quoi composer un en-cas. Un peu de salé et du sucré, bien sûr. Une boisson gazeuse à base d'ingrédients chimiques inavouables, comme les garçons en raffolent.

Je suis reparti vers la chambre, le plateau en main, et me suis arrêté à l'aplomb de la porte. Léonard n'avait toujours pas perçu ma présence et je me suis demandé ce que je devais faire. Tousser, me signaler d'un mot, entrer dans la pièce le plus naturellement possible ? Je n'arrivais pas à me décider, quand sa voix s'est fait entendre, sans qu'il interrompe sa partie ou modifie sa position.

— Est-ce que vous savez jouer ?

Le vouvoiement m'a déstabilisé, autant que le timbre de voix, qui était plus proche de celui d'un adulte que d'un garçon de son âge.

— Non, ai-je répondu en m'avançant dans la pièce.

J'ai posé le plateau sur le lit, tandis qu'il continuait à déplacer les pièces. L'échiquier était presque vide et tout se jouait entre le fou et un cavalier, à supposer que je les aie identifiés correctement. Je pensais qu'il n'avait pas vu le plateau, focalisé sur le jeu, mais, sans quitter des yeux sa partie, il a saisi un morceau de fromage et l'a croqué à pleines dents.

— Vous avez peur de ne pas comprendre ?
— Pardon ?
— Les adultes prétendent qu'ils n'ont pas envie de jouer, mais c'est un mensonge. Ils ont peur de ne pas comprendre. Si vous voulez, je peux vous apprendre.

J'ai cherché sur son visage une trace d'ironie, ou de prétention, mais rien de tout cela n'était perceptible. Comme je l'avais déjà remarqué à son arrivée ici, il avait une faculté à ne pas marquer ses sentiments, ou bien c'est qu'il n'en éprouvait aucun. Il semblait d'ailleurs m'avoir déjà oublié après cette brève séquence de communication verbale. Il était de nouveau immergé dans son monde, focalisé sur la partie qu'il jouait avec et contre lui-même.

Je suis sorti de la pièce et il n'a pas paru s'en apercevoir. Ce papier peint, quand même, un jour il faudrait que je m'en occupe. Je suis retourné dans ma chambre. Il était deux heures du matin. La pluie tombait de nouveau. Je l'entendais fouetter les vitres. Je me suis remis au lit. Au travail, je voyais passer pas mal de gosses, mais aucun ne ressemblait à celui-là.

8

Au matin, le ciel était bleu azur. Le vent avait tout balayé dans la nuit. J'ai arpenté les rues désertes pour trouver un épicier ouvert. J'ai acheté des corn-flakes et du jus d'orange et fait un crochet par la boulangerie pour y rafler des brioches. Avec ça j'étais paré.

Quand je suis revenu au pavillon, ma sœur était déjà debout. Elle était en train de se battre avec la machine à café, jusque-là tout était normal, mais ce qui m'a davantage intrigué, c'était qu'elle avait enfilé son imperméable et que son gros sac trônait au milieu de l'entrée.

— Tu fais quoi, là ?

— Un café. Enfin j'essaye. Elle est morte, ta bécane, apparemment…

— Faut taper fort dessus pour qu'elle démarre. On dirait que t'es prête à partir…

— J'ai de la route, figure-toi. Je bois mon café et je réveillerai Léonard au dernier moment. Il finira sa nuit dans la voiture…

— Tu veux dire que tu repars avec lui ?

— Je crois que c'est mieux. Je suis venue chez toi dans la précipitation. Tu me connais, j'ai toujours été impulsive. J'étais paniquée.

— Et là, tu l'es plus ?

— Si. Mais j'ai réalisé que c'était une mauvaise idée.

J'ai tout posé sur la table. Ce que je voulais surtout, c'était rester calme.

— Tu peux m'expliquer en quoi ?

— C'est une mauvaise idée ?

— Oui.

Elle s'est tournée vers moi. Elle a esquissé un sourire, pour camoufler son inquiétude, mais elle était si tendue que c'est devenu une grimace.

— Qu'est-ce que tu vas t'emmerder avec un gamin, d'autant plus celui de ta sœur qui te gonfle déjà pas mal. Ce n'est pas pour rien que tu vis seul, et je te jure que là je te comprends. Je donnerais tout pour n'avoir qu'à m'occuper de moi.

La nuit ne lui avait apporté aucun repos. Ses yeux étaient cernés, sa bouche un peu tombante. Je me suis souvenu d'elle, adolescente, se regardant des heures dans le miroir et mimant un baiser. Elle prétendait que ses lèvres étaient ce que les garçons préféraient d'elle. L'arme absolue pour les flinguer en plein vol. Entre-temps elle avait atterri.

— Je t'ai demandé un temps de réflexion. Tu pourrais me laisser juge de ce que j'ai ou non envie de faire. Assieds-toi s'il te plaît.

L'air qu'elle avait retenu dans ses poumons depuis mon entrée dans la pièce s'est échappé d'un coup. Elle a consenti à prendre une chaise.

— Tu débarques chez moi par surprise. Tu me poses un problème et tu trouves la réponse à ma place… Tu fais ta tornade, comme quand t'étais gosse.

— Ne me dis pas que tu étais prêt à accepter.

— Et voilà que tu penses à ma place. De mieux en mieux.

— C'est seulement... que je veux gagner du temps. J'ai fait la connerie de venir, et là je vais me taper cinq heures de route dans l'autre sens. Et quand j'arriverai à Paris il faudra que je me remette à chercher...

— Et pourquoi tu trouverais quelqu'un maintenant, alors que tu as encore moins de temps ?

— Je vais me débrouiller.

— Comme pour le boulot ? Comme pour les mecs ?

— Salaud.

J'ai soutenu son regard. Je savais très bien ce qu'elle pensait à ce moment-là. Que j'étais le pire. J'ai secoué la machine à café qui s'est remise en marche aussitôt. J'ai rempli deux tasses.

— Tu es venue sur mon territoire. Tu me demandes un service, assume, bon Dieu.

— C'est quoi, cette histoire de tornade ?

— Tu ne te souviens pas ? C'était ta technique. Tu roulais tout le monde dans la farine avec ça. Aussitôt arrivée à la maison, tu jetais un os aux parents, une anecdote amusante ou une bonne note, impossibles à vérifier. Et le temps qu'ils réalisent, tu étais repartie...

D'un coup son visage s'est éclairé. Pendant quelques secondes elle a eu quinze ans. Elle a composé cette moue qui voulait dire qu'elle s'en tirait toujours, et puis elle a réintégré son corps, au présent.

— La première chose que tu as remarquée, c'est qu'il ne disait pas bonjour. Tu ne vas pas supporter qu'il ne te regarde jamais dans les yeux. Qu'il te vouvoie.

— Qu'il me prenne de haut, tu peux ajouter ça aussi.

— Il t'a pris de haut ?

— Cette nuit, il m'a expliqué que j'avais peur de jouer aux échecs, mais qu'il pouvait m'apprendre.

— Il t'a parlé cette nuit ?

— Oui.

— C'est rare qu'il parle aux gens aussi vite.

— C'est trop d'honneur. Mais tu lui diras de ne pas se forcer. J'aime le silence.

— Tu es en train de me dire que tu vas le garder ?

— Ça se pourrait. Je m'en fous qu'il ne me regarde pas dans les yeux ou qu'il pense que je suis un con. Je n'ai pas l'intention de devenir copain avec lui. Du moment qu'il m'écoute.

— Si tu décides une chose, il la fait, je te l'ai dit. Il n'aime pas le conflit.

— Je vais l'emmener sur le terrain. Il a l'âge de mes gars après tout.

— Ça par contre tu peux oublier...

— Et pourquoi ?

— Il n'aime pas le sport.

— On verra.

— Quand il n'aime pas quelque chose, il change rarement d'avis. Mais tu peux le laisser dans sa chambre. Il ne s'ennuie jamais.

— Il joue aux échecs toute la journée ?

— Il joue, et après il dort. Ou bien il prend des notes dans ses cahiers. Il a des tas de cahiers où il note les coups possibles.

— C'est spécial, non ?

— Pas plus que ceux qui jouent aux jeux vidéo.

— Dix jours, pas un de plus. Si tu ne respectes pas le contrat, je le fous dans le train pour Paris et tu te démerdes à l'arrivée…

Elle a bu son café par petites gorgées rapides. Elle aurait pu se détendre un peu maintenant, mais non, elle n'y arrivait pas. Elle devait projeter sa journée, la route à faire, l'enjeu de sa formation, et derrière les entretiens d'embauche, tous les obstacles à franchir et les autres qui finiraient bien par se profiler. Deux boutons manquaient à son imperméable. Les fils pendaient encore. J'étais certain qu'elle ne m'avait pas tout dit de sa situation, mais à cet instant, je ne voulais surtout pas en savoir davantage.

— Si c'est comme ça je vais le réveiller et lui parler.

On est resté l'un en face de l'autre, dans cette cuisine. J'ai senti que ce moment allait avoir des conséquences.

— Tu penses à quoi, là ? m'a-t-elle demandé.

Je n'ai rien répondu. Je n'avais pas envie de partager mes réflexions avec elle. Je me suis demandé à quoi aurait ressemblé notre enfance si nous avions vécu ne serait-ce qu'une situation dans ce genre-là, où la distance entre les gens se réduisait, par nécessité.

— Tu sais, c'est vrai qu'il ne te fera pas d'ennuis si tu le laisses au pavillon, a-t-elle ajouté.

— Je te crois. Mais je vais quand même l'emmener au terrain.

9

Madeleine m'a conduit au garage afin que je récupère ma voiture et au retour elle est allée réveiller son fils, lui annoncer qu'il restait avec moi.

Peu de temps après j'ai vu le gamin raccompagner sa mère à la porte et c'est elle qui lui a donné un baiser, il paraissait ne pas le désirer. Voilà c'était fait, sans un mot, sans une émotion particulière.

J'ai proposé à Léonard de petit-déjeuner et il s'est rempli un plein bol de céréales qu'il a emporté dans sa chambre. Je l'ai laissé tranquille une bonne heure, puis je l'ai informé de ma décision de l'emmener à l'entraînement. Il n'a manifesté aucune surprise, ni de désapprobation, aucun enthousiasme non plus, bien sûr. Il s'est contenté de me demander l'heure exacte à laquelle je comptais partir, et cette précision semblait pour lui plus importante que tout ce qui venait de se passer, le départ de sa mère, le fait de rester dans cette maison avec son oncle, un total inconnu pour lui. Je lui ai dit qu'on partirait à neuf heures trente et je suis allé prendre ma douche. Quand je suis ressorti de la salle de bains, Léonard attendait sous la pendule de l'entrée. Il était neuf heures trente-deux minutes et quelque chose semblait le déranger. Il tournait en rond. Il paraissait inquiet. J'ai fait mine de ne pas prêter attention à son manège et nous avons quitté la maison quelques minutes plus tard.

Il est monté devant tandis que je démarrais la Peugeot. Je n'avais pas l'intention de lui faire la conversation pendant le trajet. J'avais toujours trouvé ridicules les adultes qui cherchaient à apprivoiser les enfants en leur posant des questions sur l'école, sur leurs copains, ou sur ce qu'ils avaient envie de faire plus tard dans la vie.

Quand nous sommes arrivés sur le parking du stade, mes garçons étaient en train de rentrer dans les vestiaires. Deux ou trois étaient à la traîne, comme d'habitude, et ils ont regardé avec insistance ce passager qui m'accompagnait. J'ai pensé que je devais leur dire un mot à propos de mon mystérieux compagnon. La vérité tout simplement, en leur épargnant les détails.

Léonard est descendu de la voiture. Il y avait un peu de vent et il a plissé le nez. J'ai eu l'impression que tout cet espace le dérangeait plus qu'autre chose, et je me suis souvenu des propos de ma sœur, affirmant qu'il aimait par-dessus tout être dans sa chambre, dormir et jouer aux échecs.

— Tu peux t'asseoir là-bas, ai-je dit.

J'ai désigné les tribunes et Léonard s'est dirigé aussitôt vers celles-ci, pour s'asseoir à l'extrémité de la première rangée de bancs.

Entraîner un groupe de jeunes m'avait permis d'acquérir une certaine science des comportements, et même s'il avait l'air particulier, Léonard se rapprochait d'un certain type de joueur. Ceux qu'il ne faut surtout pas forcer et qui viendront au terrain d'eux-mêmes, ou jamais. C'est pourquoi mon idée était de le laisser regarder un entraînement. Et de voir comment il réagissait.

Les garçons sont sortis du vestiaire en ordre dispersé. J'ai vu que Marfaing était absent, et Hamed aussi. Chaque jour il en manquait à l'appel. Deux, c'était un minimum. Ils savaient tous qu'ils avaient dix tours de terrain à abattre d'entrée. Ils détestaient ça.

— C'est qui, m'sieur, le gars avec vous ?

— C'est le fils de ma sœur. Elle m'a demandé de le garder pendant les vacances.

— Oh m'sieur, vous faites la baby-sitter...

— Si on veut.

— Ça fait bizarre que vous ayez une sœur !

— Pourquoi ?

— Sais pas, ça fait bizarre... Et il joue pas au foot ?

— On verra. Bon, on va travailler les corners aujourd'hui, et je veux de la rigueur, de l'agressivité.

— Ça va fracasser des têtes, m'sieur, promis...

— Fracasse déjà les filets, Bensaid.

J'ai jeté un œil aux tribunes. Léonard était toujours assis au même endroit. J'étais trop loin pour en être certain, mais on aurait dit qu'il observait.

J'ai réparti les garçons entre attaque et défense devant le but le moins sinistré, et désigné Cosmin pour tirer les corners. De tous, il était celui qui avait le plus de potentiel. Il était capable d'éliminer un adversaire d'un simple contre-pied et de déposer le ballon sur la tête d'un coéquipier à trente mètres. Son seul problème, c'était qu'il se demandait si ça valait vraiment le coup de passer quinze ans à cavaler sur un terrain, avec les incertitudes et les risques que ça comportait, alors qu'il pouvait très bien opter pour l'activité de son père, beaucoup moins fatigante, à savoir tenir le bar-tabac face à la gare.

La séance a commencé. Cosmin a mis un temps à se régler, car le ballon était lourd et le vent qui avait chassé la pluie venait de travers. Deux ou trois missiles sont passés largement au-dessus des crânes, un autre était beaucoup trop décentré, et ça n'a pas loupé, cette grande gueule d'Hervalet a aboyé qu'il n'était jamais servi. Cosmin a bien sûr répliqué avec un doigt d'honneur réglementaire, et Bensaid, qui était le copain d'Hervalet, s'en est mêlé. En deux minutes c'était la bande de Gaza. J'ai dû utiliser le sifflet et décréter qu'on laissait tomber les corners pour faire un match sur une moitié de terrain.

— La première équipe à marquer trois buts a gagné. Si je vois un gars qui part seul au but, je le sors. Si un autre tente un petit pont au lieu de chercher un appui, je le sors aussi, je veux de la construction, du jeu placé, c'est compris ?

Je suis revenu au bord de touche. Je regardais le sol en marchant. Je ruminais. J'avais encore un mois avant le début du championnat et sûrement pas une équipe. J'ai levé la tête et regardé en direction des tribunes. Le banc était vide.

J'ai contourné le bâtiment. Je me suis dit que Léonard ne pouvait pas être loin, mais derrière je n'ai trouvé personne. J'ai fouillé les alentours des yeux. Personne. J'avais pensé avoir la situation sous contrôle, mais peut-être m'étais-je trompé sur toute la ligne ! Et si sous son apparence impassible, Léonard avait caché son jeu ? S'il avait en travers de la gorge le départ de sa mère, accepté seulement en apparence, et que maintenant il s'était enfui sans même savoir où il allait, juste pour manifester sa colère envers des adultes qui ne comprenaient rien.

J'ai poussé jusqu'à la lisière du terrain et du complexe sportif. Rien, aucune trace du gamin. Une pensée m'a traversé. Il pouvait être dans la voiture. C'était même l'explication la plus plausible. Il avait eu froid et il s'y était réfugié. Comme lorsqu'il avait attendu que ma sœur vienne le chercher, le premier soir. Ne m'avait-elle pas affirmé qu'il aimait rester enfermé dedans, seul ? J'ai marché droit vers le parking en espérant avoir raison, mais il n'était pas là non plus. Surtout ne pas paniquer. Il me fallait un perchoir pour voir plus loin, embrasser les environs du regard. J'ai avisé les tribunes. De là-haut, même s'il était parti se réfugier du côté de la cimenterie, j'avais une chance de le repérer. Je suis allé jusqu'aux gradins et j'ai commencé de les escalader. Et presque aussitôt, je me suis arrêté.

Léonard était là, allongé entre deux travées, à même le sol. C'était pour cela que je ne l'avais plus vu. Il ne s'était pas enfui. Simplement, il dormait.

10

J'ai envoyé tout ce petit monde à la douche. Le score à cet instant était de deux partout et Bensaid a protesté, persuadé que son équipe pouvait encore l'emporter. Il était visiblement le seul.

Entre-temps Léonard s'était replié dans la voiture. J'ai contourné le capot, je me suis installé au volant et j'ai démarré. Mon neveu avait posé sa tête contre la vitre et il regardait de côté la route qui commençait à défiler. Je n'avais aucune intention de lui demander ce qu'il pensait de cet entraînement. En s'endormant dans la travée, il m'avait répondu. Nous avons parcouru la moitié du chemin qui nous séparait de la maison sans qu'un mot soit prononcé. Je me suis arrêté dans une épicerie pour acheter de quoi accompagner des pâtes, et quand je suis revenu à la voiture Léonard n'avait pas changé de position. Il m'a semblé qu'il dormait. Nous n'étions plus très loin de la maison. Les premiers lampadaires se sont allumés.

— Je n'aime pas le football, a dit Léonard. C'est un sport trop simpliste.

J'ai retrouvé ce timbre de voix particulier, presque précieux, qu'on pouvait difficilement prêter à un gamin de treize ans.

— Tu dis ça parce que tu n'as pas vu de vrai match.

— Un des copains de ma mère regardait le football, le dimanche soir.

— C'était le championnat de France. Ce n'est pas un bon exemple.

Il s'était redressé sur son siège et fixait les pointillés qui délimitaient le milieu de la chaussée. On aurait dit qu'ils l'hypnotisaient.

Je me suis garé devant le pavillon. Léonard est sorti en premier de la voiture et il s'est planté devant la porte, attendant que j'ouvre. Avant qu'il prenne le chemin de sa chambre, je lui ai désigné le canapé qui faisait face au téléviseur.

— Installe-toi. J'ai quelque chose à te montrer.

Je suis descendu au sous-sol et j'ai ouvert la porte de cette pièce sans fenêtre qui contenait « le trésor » de Robert Herbach. Robert avait été mon éducateur en chef lorsque je préparais mon diplôme d'entraîneur. Il s'était comporté comme un père avec moi, parfois bourru mais toujours proche, et comme son départ en retraite avait correspondu à la fin de ma formation, il m'avait fait ce cadeau inestimable, en guise d'au revoir, sa collection de cassettes vidéo.

J'ai allumé le néon et me suis engagé dans l'étroite allée. En trente années de carrière, Robert avait constitué une collection de vidéos qui retraçaient l'histoire du football, ni plus ni moins, à travers les plus grands matchs. Certains de ces documents étaient connus de tous, d'autres très rares. Il y avait là les plus belles actions, les situations les plus dramatiques, les moments de grâce et les empoignades les plus féroces, tout ce que peut produire le ballon rond quand il échappe à la médiocrité. Et outre le fait que visionner ces images, pour un amoureux du football, procurait des émotions intenses, cette collection représentait un instrument pédagogique de premier ordre. J'avais hérité de ce trésor et je m'en sentais responsable. Je m'étais inquiété de l'âge de certaines cassettes et je les avais converties en DVD. J'avais amélioré la manière de classer les matchs et d'accéder aux informations en créant des thématiques. J'avais tenté de faire fructifier l'héritage de Robert Herbach, mort d'une cirrhose deux ans après avoir raccroché ses crampons. Je pouvais ignorer ce trésor des semaines durant, mais je revenais toujours y piocher quelque chose. La relation que j'entretenais avec la collection, en vérité, était variable. Parfois je ressentais à travers elle la présence amie de Robert. Parfois je trouvais ces merveilles trop écrasantes, parce qu'elles représentaient une forme supérieure du jeu à laquelle je n'aurai jamais accès.

Je me suis planté face au mur de DVD. Depuis que Léonard avait prononcé le mot « simpliste » sur le chemin du retour, pour qualifier le genre de sport qu'était le football, j'avais un match en tête. Une réponse à son jugement qui me semblait adaptée.

J'ai approché le petit escabeau. Les matchs de Ligue des champions étaient rangés en hauteur. Il était là, le document que je cherchais. J'ai vérifié l'étiquette. Manchester United contre Real Madrid. Demi-finale de la LDC. Année 2005.

Léonard attendait dans le salon, assis sur le canapé. Il effectuait des sortes d'assouplissements avec ses mains, mais à une assez grande vitesse. J'ai glissé le DVD dans le lecteur, mis la télé sous tension et sélectionné la lecture.

— Regarde ça pendant que je prépare le repas. La première mi-temps surtout.

Je n'ai pas cherché à croiser son regard. Je commençais à me faire à sa façon de se comporter et je savais qu'il était attentif. Ses mains s'étaient arrêtées de battre.

Je me suis rendu dans la cuisine et j'ai lavé les poireaux. Je les ai coupés en petits dés et je les ai fait blanchir. C'est mon plat de pâtes préféré. J'ai entendu la rumeur du match qui provenait du salon. Je le connaissais par cœur. J'avais le temps de prendre une douche. Au travers de la cloison, j'entendais la petite musique du commentateur. Je savais que la mi-temps du match approchait. Ronaldo allait déborder sur l'aile, repiquer plein centre, talonner Rooney, qui lui remettrait la balle sans contrôle, et le Portugais arriverait à trouver la lucarne d'un tir de trente mètres. J'ai enfilé un survêtement propre et mis de l'eau à chauffer. J'ai disposé deux assiettes, l'une en face de l'autre. Tandis que je jetais les pâtes dans l'eau bouillante, j'ai compris que la mi-temps avait été sifflée et que Léonard avait mis le lecteur sur pause.

J'ai entendu un léger bruit dans mon dos et je me suis retourné. Mon neveu était assis à table. Il avait déplacé son assiette pour ne pas se retrouver en face de moi.

— Les combinaisons sont plus nombreuses dans ce match, a reconnu Léonard. Elles sont exécutées avec plus de vitesse et de précision aussi, mais elles restent assez prévisibles. C'est ce que j'ai dit. Le numéro 9 se déplace comme le fou et le 7 est le cavalier. Quand le 9 se déplace en diagonale, le 7 prend le centre du jeu et remet toujours au 9. Le 9 tire, ou alors il joue encore une fois sur le 7 pour être plus près de la ligne et après il tire. Quatre fois sur cinq il tire du côté gauche du but quand la balle lui est donnée sur son pied droit. Sur son pied gauche, il joue le lob.

J'ai préféré ne rien répondre. J'ai égoutté et servi les pâtes, et Léonard s'est mis à dévorer d'une manière qui contrastait avec son langage étudié.

— Mais je veux bien voir d'autres matchs. Vous en avez d'autres ?

— Pas mal, oui. Mais pourquoi continuer puisque c'est un jeu si limité ?

— J'ai appris les échecs dans un café où maman me laissait souvent. Il y avait beaucoup de joueurs. Je regardais. Ils n'étaient pas très bons, mais c'était quand même intéressant. J'aime bien utiliser mon cerveau. C'est ce que je préfère.

Il a fini sa portion de pâtes en trois bouchées. Puis il s'est levé sans rien me demander et il est retourné au salon visionner la deuxième mi-temps.

J'ai terminé tranquillement mon assiette et regardé l'heure à la pendule de l'entrée. Il était vingt et une heures. Je suis retourné dans la vidéothèque et j'ai sélectionné d'autres matchs, liés à différentes Coupes du monde. J'ai rapporté une pile de DVD, au moins dix boîtes, que j'ai posée sur la table basse du salon, tandis que Léonard gardait les yeux rivés sur l'écran.

— Ne te couche pas trop tard.

— Quand je suis fatigué, je dors.

— J'ai vu ça.

11

Je me suis replié dans ma chambre. J'avais besoin d'être chez moi. J'ai réglé des factures en retard, jeté des publicités, puis j'ai attendu que ma sœur m'appelle. C'est ce que nous avions convenu, mais comme ça ne venait pas, j'ai fini par composer son numéro. Un message répétait que le correspondant ne pouvait être joint. Je me suis mis au lit pour lire *L'Équipe*. C'était le journal d'avant-hier. Je l'ai parcouru rapidement et refermé. Je n'avais vraiment rien raté. Ça parlait de dopage, de montants de transferts astronomiques, de matchs truqués. J'ai pensé que mes gars lisaient ça tous les jours.

Le match entre Manchester et le Real devait être terminé. C'était le silence dans le salon. Puis j'ai entendu l'hymne de la Coupe du monde. Léonard avait attaqué la pile. J'ai sombré dans le sommeil.

Je me suis réveillé à huit heures du matin. Je n'avais pas mis de réveil, car l'entraînement n'avait lieu que l'après-midi. Je suis resté couché, après tout rien ne me pressait. J'ai suivi des yeux la fissure du plafond en cherchant à organiser mes pensées, et c'est là que mon téléphone portable a sonné. J'ai consulté le numéro affiché sur l'écran. Il m'était parfaitement inconnu. Je détestais décrocher et tomber sur ces démarcheurs qui vous demandaient si vous étiez satisfait de votre abonnement, avant d'essayer de vous placer une nouvelle option. J'ai laissé sonner encore deux fois, puis je me suis souvenu que ma sœur était en délicatesse avec son opérateur. J'ai pris l'appel in extremis.

— C'est Madeleine. Je t'appelle du portable d'une fille avec qui je fais la formation, alors je ne vais pas rester longtemps.

— Faudrait quand même que tu récupères un téléphone à toi.

— Je vais m'occuper de ça. En attendant je vais te donner celui de ma colocataire. Elle me fera la commission s'il y a une urgence. Le stage a l'air génial. Les profs sont super. Faut que je te quitte, c'est pas mon forfait et puis on va rentrer en cours…

— Léonard va bien.

— Hein ?

— Je te dis, Léonard va bien.

— Tu l'as emmené à ton entraînement ?

— Oui.

— Et alors ?

J'ai ouvert la bouche pour répondre, mais la communication s'est coupée net. C'était peut-être un problème de réception, ou bien Madeleine qui avait raccroché.

Léonard était endormi sur le canapé. Il était sûrement tombé d'un coup, comme il faisait toujours. La pile de DVD avait disparu, il l'avait consommée entièrement, mais pas seulement. Il y en avait d'autres sur la table, au moins le double, qu'il était allé prendre dans la réserve. Il avait dû y passer la nuit. Je me suis approché de lui. Il dormait en chien de fusil, la tête contre le bras. Mon regard s'est arrêté sur un cahier d'écolier au pied du canapé. Je me suis rappelé ce que ma sœur m'avait dit à propos de ces cahiers où il notait les coups possibles aux échecs. Je me suis penché pour m'en saisir et je l'ai feuilleté. Effectivement, les pages étaient noircies de parties d'échecs. On pouvait suivre le déplacement des pièces sur l'échiquier, les attaques et les parades. C'était assez impressionnant. Et puis j'ai continué de faire défiler les pages, jusqu'aux derniers croquis. J'ai froncé les sourcils. Je n'étais pas certain de bien comprendre. Ce n'étaient plus les pièces d'un échiquier qui étaient représentées, mais des joueurs sur un terrain, et le ballon circulait entre eux selon un schéma de jeu bien précis.

Je me suis assis au bout du canapé. Je devais me rendre à l'évidence. Léonard avait passé la nuit à visionner un nombre vertigineux d'actions de jeu. Et il ne s'était pas contenté de regarder. Il avait noté soigneusement des tonnes de combinaisons et de schémas tactiques liés à ce jeu simpliste qui s'appelle le football.

J'ai préparé le petit-déjeuner et j'ai attendu que Léonard se réveille. J'ai bu mon café, en le regardant, cerné par les piles de DVD. Ce drôle de spécimen avait l'intention de réduire à quelques croquis l'histoire mondiale du football. Rien que ça. Je me suis demandé si je devais lui éclater de rire au nez ou bien le prendre au sérieux. Il a fini par ouvrir les yeux. Il a vu les corn-flakes sur la table. Il s'est levé pour s'en remplir un plein bol.

— J'ai vu ce que tu as dessiné dans ton cahier.

Il n'a rien répondu et il a commencé à manger. Je suis allé chercher le cahier, je me suis placé à côté de Léonard, surtout pas en face, et j'ai ouvert le cahier à l'une des pages consacrées au football. On pouvait voir le croquis d'une passe en retrait après un débordement réussi de l'ailier.

— Tu sais, le plus difficile au football, ce n'est pas d'inventer des combinaisons, c'est de les exécuter sur le terrain en temps réel. Tu peux reprendre des corn-flakes.

J'ai tourné une autre page. Le croquis représentait une action typique de la Squadra Azzurra, l'équipe d'Italie. La tactique du scorpion. On attire l'adversaire, on crée des brèches entre les lignes, puis on le pique d'une contre-attaque fulgurante.

— Si on comprend quel coup va jouer l'adversaire, on peut répondre plus facilement, a dit Léonard.

Il regardait son bol.

— Tu vois le football comme les échecs, c'est ça ?

— En plus simple et plus répétitif.

— J'oubliais.

— C'est la vérité.

— Admettons, mais dis-moi une chose : si tu étais sur le terrain, ce serait à quel poste ?

Il s'est mis à mâcher plus lentement. Il réfléchissait. Il regardait le schéma de jeu qu'il avait reproduit, face au but. Chaque joueur avait son numéro, correspondant à celui qu'il avait repéré sur la vidéo. Je me demandais s'il allait répondre à ma question. Son visage était plus impénétrable que jamais. Il a raclé soigneusement le fond du bol, il n'en a pas laissé une miette, puis sa main s'est avancée vers le cahier et son index a désigné le joueur numéro 1, placé au milieu des cages. Le goal, bien sûr. J'aurais dû y penser. L'ultime rempart. Le joueur qui défendait la ligne et dont les déplacements s'apparentaient le plus à une pièce sur un échiquier.

12

Je risquais quoi à essayer Léonard au poste de gardien ? Favelic occupait la place par défaut, uniquement parce qu'il était vraiment trop limité ballon au pied, mais, à chaque fois qu'il enfilait les gants, il donnait l'impression d'aller au piquet. J'avais des équipements en trop à la maison, un plein sac. J'ai trouvé un survêtement, des chaussures à sa taille, un peu usées certes, mais encore correctes, et même des gants qui ne devaient pas être trop loin de sa taille. J'ai tout déposé sur son lit. Léonard regardait par la fenêtre et il ne s'est pas retourné. Mais je commençais à le connaître et je ne m'en suis pas offusqué.

J'ai préparé mon sac et rejoint la voiture en laissant la porte ouverte derrière moi. Au moment où je glissais la clef de contact dans le barillet du démarreur, Léonard est sorti du pavillon en tenue de goal.

Nous avons roulé en direction du stade. Le temps s'était nettement amélioré depuis la veille. Le thermomètre était remonté d'au moins trois degrés et le vent était tombé. C'étaient des conditions bien meilleures pour le ballon. En me rangeant sur le parking, je me suis retrouvé face à trois de mes gars, Marfaing, Bousquet et Rouverand, le buteur. Ils ont tout de suite remarqué que Léonard était en tenue, et ils se sont mis à parler entre eux. En sortant de la voiture, j'ai coupé court à leurs spéculations.

— Léonard va jouer dans les buts.

— On va se retrouver avec Favelic dans les pattes, a dit Marfaing.

— Tu pourrais jouer derrière lui, pour compenser.

— Ça, c'est pas cool, m'sieur.

— Mais si, tu es largement assez bon pour le faire.

J'ai vu que Rouverand jaugeait Léonard. Les avant-centres regardent toujours les goals d'une manière un peu spéciale. Ils savent qu'ils ont rendez-vous avec eux dans la surface de vérité. Léonard est allé droit vers le terrain, comme si rien d'autre n'existait. Ni ses éventuels camarades ni tout autre paramètre. Il avait vraiment une drôle de silhouette, avec sa tête trop lourde pour son corps, ses bras disproportionnés et sa démarche en dedans. On était assez loin du genre félin qui fournit en général les bons gardiens. Je me suis demandé, l'espace d'un instant, si ce test était une si bonne idée. Mon neveu pouvait se couvrir de ridicule devant des garçons de son âge qui ne faisaient pas dans la dentelle. Je l'exposais peut-être inutilement. Mais il était trop tard pour reculer.

— On va faire comment, m'sieur ? a dit Bensaid.

Costes, Tibert, Hervalet manquaient à l'appel. Chaque jour, la liste s'allongeait. C'était la gastro foudroyante ou le scooter qui n'avait pas démarré. Tout y passait pour les excuses.

— On va travailler sur un but. Les débordements par les ailes, les centres en retrait.

J'ai envoyé Bensaid sur l'aile droite et, de l'autre côté, Mutu, la perle noire, comme l'avait surnommé le vestiaire, une vraie bombe en vitesse pure, mais qui éprouvait toutes les peines du monde à s'arrêter avant la ligne, et encore plus à effectuer un centre correct. Rouverand s'est positionné au centre de l'attaque, avec Cosmin en pourvoyeur de ballons, ces deux-là avaient leurs automatismes, et les autres, Marfaing, Bousquet et Hamed ont constitué le bloc défensif. J'ai donné mes consignes tout en gardant un œil sur Léonard. Il semblait parti à des années-lumière, au moins sur Jupiter. Il regardait ses mains gantées, bougeait les doigts comme si ce n'étaient pas les siens.

— Je veux des actions propres. Ce n'est pas que vous marquiez à tout prix qui m'intéresse, mais la construction de jeu. Un débordement maîtrisé, un centre placé, une frappe dans des conditions sérieuses. Je ne veux pas un ballon dans les nuages. On s'applique. Allez ! En place.

Bensaid a pris le ballon sur son aile, avant de revenir à pleine vitesse. Il a débordé cette grande gigue de Marfaing, qui dormait encore, avec une facilité déconcertante, et il a cherché Cosmin, comme je l'avais demandé. Le ballon est arrivé dans le mauvais tempo et Cosmin a dû le récupérer dans son dos, mais son aisance technique a fait qu'il est parvenu à le contrôler et à pivoter sur lui-même pour se replacer dans l'axe du but et s'appuyer sur Rouverand. C'était une situation de une-deux classique et Kevin s'est prêté au jeu. Il a remisé du plat du pied, entre Hamed et Bousquet, et Cosmin s'est retrouvé lancé en pleine surface de réparation, le ballon dans les pieds, seul face au goal.

Pour une première, Léonard était gâté. Sa défense l'avait abandonné et il était seul face à Cosmin, qui adorait ça, les un-contre-un. L'issue était courue d'avance. Il allait l'exécuter. Cosmin a manœuvré parfaitement en faisant mine d'embarquer Léonard sur la droite, pour ouvrir son pied gauche et déposer le ballon dans le filet opposé. Du classique, de l'efficace, je voyais déjà la balle au fond. Sauf que Léonard ne s'est pas laissé embarquer et qu'il est parti du bon côté, pour récupérer le ballon dans les bras. Je n'ai pu m'empêcher de sourire. Cette action devait correspondre à l'un des croquis de son précieux cahier. C'était bien joué, mais il n'avait rien accompli d'extraordinaire non plus. Après tout c'était une des situations les plus répandues entre le goal et l'attaquant, qui ne disposait alors que d'une fraction de seconde pour se décider, entre un petit lob, un tir en force ou bien un contre-pied, et mon neveu avait simplement choisi la bonne option. Ce pouvait aussi être le fait du hasard.

— Donne à Mutu, Léonard ! ai-je crié.

Léonard est comme sorti d'un songe et il a relancé en direction de la perle noire. Son geste était loin d'être orthodoxe, mais la balle est arrivée à destination.

La seconde action m'a davantage alerté. Mutu a gardé le ballon sur son aile, s'est rapproché au maximum du but en attirant les défenseurs sur le côté, puis il s'est retourné pour servir Rouverand, libre de tout marquage, qui préparait déjà sa frappe. C'était une action sans grande subtilité, certes, mais quand elle était bien exécutée, elle s'avérait imparable, parce que le goal n'avait plus que le choix entre rester sur sa ligne ou s'aventurer dans la surface, au risque de laisser le but ouvert. Mais Léonard ne s'est pas fait piéger. Alors que quelques secondes auparavant il semblait déconnecté du jeu, les bras ballants, les yeux dans le vague, il s'est placé sur la trajectoire de la balle et il n'a eu qu'à se coucher pour s'en emparer, sous le nez d'un Rouverand médusé.

— Bien joué, Léo, a dit Bousquet.

J'ai rejoint le bord de touche. Pour quelqu'un qui n'avait jamais joué au football, mon neveu avait beaucoup de chance, mais après tout, il n'avait pas en face de lui les futures stars du Real Madrid, juste les cadets de Sedan, on n'allait pas en faire un plat.

C'est à la troisième action seulement que j'ai fini par admettre qu'il se passait quelque chose de spécial. D'abord j'ai senti de la tension. Rouverand n'avait pas apprécié d'être privé de son ballon au moment de frapper, c'est certain, et Cosmin avait eu le temps de ruminer son face-à-face raté avec ce gamin à la tête trop grosse. On allait voir ce qu'on allait voir. Bensaid s'est rapproché du centre du terrain pour créer le surnombre. Il a passé le ballon à Cosmin qui s'est lancé dans son numéro habituel en embarquant toute la défense, puis d'une talonnade au millimètre il a servi Rouverand, à présent dans une position idéale, avec un boulevard devant lui, un peu à droite du but, à moins de dix mètres.

Il allait remettre les pendules à l'heure. J'ai d'abord pensé qu'il voulait tirer en force, mais non, il a ralenti. Il ne voulait pas juste marquer, il voulait montrer à ce petit nouveau qu'il était vraiment le patron dans la surface, lui, Kevin Rouverand, que bientôt tous les clubs de D1 s'arracheraient et peut-être même les Anglais. Il a pris tout son temps pour ouvrir son pied droit, comme s'il allait placer la balle dans le petit filet, à gauche de Léonard, et quand il a senti que son adversaire mordait à l'hameçon, il a crocheté sèchement pour l'éliminer et se retrouver seul devant le but vide. C'était bien joué, sauf qu'au moment de frapper, Rouverand a vu le ballon lui échapper une nouvelle fois. Léonard avait fait semblant d'être embarqué pour sa feinte, mais il était resté sur ses appuis et, d'un tacle glissé, il avait repoussé le ballon in extremis.

Il y a eu un grand silence sur le terrain. On aurait entendu les mouches voler. Léonard avait compris que Rouverand ouvrait son pied vers la droite pour le tromper, alors que Cosmin avait exécuté le même mouvement pour une issue différente. Il avait une fois de plus choisi la bonne option, simplement par chance ? Ça commençait à faire beaucoup. À cet instant mon téléphone a vibré dans ma poche.

— C'est ta sœur. Je te dérange ?

— Vas-y…

— Finalement je ne suis pas rentrée chez ma colocataire. C'est au bout du monde, cette formation ! Heureusement j'ai trouvé un stagiaire qui n'habite pas très loin d'ici et qui a la gentillesse de m'héberger…

— Madeleine, je suis en plein entraînement…

— Ah… Je voulais m'excuser pour ce matin. Je ne pouvais pas rester en ligne plus longtemps, tu me parlais de Léonard…

— Je te disais qu'il allait bien.

— Il a fait quoi de sa journée ?

— Il a joué au football.

— C'est vrai ?

Soudain, j'ai entendu des cris sur le terrain. Une bagarre venait d'éclater. Je ne voyais pas entre qui et qui, tout le monde semblait y être mêlé.

— Je dois raccrocher.

— Je voulais te parler d'autre chose…

— On se rappelle.

— C'est urgent, Vincent…

— Ce soir.

C'était la confusion devant le but. Costes et Mutu s'efforçaient de calmer Rouverand qui s'agitait, se justifiait, tandis que Léonard, à distance du groupe, tournait en rond en se tenant la tête.

— C'est pas pour dire, m'sieur, mais votre neveu il abuse…

— C'est vrai, m'sieur !

— Pas tous en même temps. Il a fait quoi ?

— Il a expliqué à Kevin qu'il ne savait pas jouer. Mais avec des mots, m'sieur, pire que de le traiter !

— Alors Kevin il l'a éclaté, normal.

— Et il est parti en arrière, c'est pas de bol, m'sieur !

— Il a tapé le poteau !

— Il est spécial votre neveu, m'sieur…

— C'est terminé pour aujourd'hui. Allez, à la douche.

Ils se sont éloignés rapidement, sans demander leur reste, surtout Rouverand.

J'ai marché vers Léonard, qui tournait toujours en rond. J'ai essayé de l'arrêter pour voir ce qu'il avait à la tête, mais il m'a repoussé sèchement. Alors j'ai crié que ça suffisait comme ça et il s'est arrêté net. Sa main tenait toujours l'arrière de son crâne. Je l'ai écartée doucement. Elle était pleine de sang. Le cuir chevelu était entaillé sur cinq bons centimètres.

13

J'ai confectionné un pansement de fortune à Léonard et nous sommes partis pour l'hôpital. En cette circonstance, n'importe quel gamin aurait manifesté une émotion, pas lui. En dehors de sa réticence à ce que je le touche, il n'avait, depuis l'incident, manifesté ni colère ni peur. Il était monté dans la voiture quand je le lui avais demandé, et c'était tout. Il se tenait droit sur son siège. Il regardait la route. Son visage restait lisse.

— Tu lui as dit quoi, au garçon qui t'a frappé ?

— La vérité. C'est toujours ce que je fais.

— Tu lui as dit quoi précisément ?

— Qu'il aurait dû faire un piqué.

— Et pourquoi ?

— C'est statistique. Sur quinze face-à-face avec le gardien, sept se transforment en but. Sur les sept buts, j'ai compté un crochet seulement, deux contre-pieds et quatre ballons piqués. Donc il faut faire un piqué. C'est ce que je lui ai expliqué. C'était pour l'aider.

— C'est ce que tu lui as dit ?

— Oui.

— Pour l'aider ?

— Oui.

— Et cette statistique, c'est le résultat du visionnage de la nuit dernière ?

— Oui. J'ai commencé à classer les actions par genre. Les face-à-face, les centres en retrait, les corners, les une-deux. Mais je n'ai pas fini.

— Et pour toutes ces actions tu établis des statistiques de réussite ?

— Évidemment.

— C'est la méthode que tu utilises quand tu joues aux échecs ?

— Bien sûr. Mais c'est beaucoup plus difficile aux échecs. Aux échecs, je connais mille quarante-trois possibilités de jeu. Et je ne suis pas un très bon joueur. Au football, pour l'instant, j'en ai compté une cinquantaine seulement.

— Mais tu n'as pas visionné tous les enregistrements. Et je n'ai pas toutes les actions possibles dans ces DVD.

— C'est vrai. Mais je suis sûr qu'il y en a beaucoup moins qu'aux échecs.

Devant moi une camionnette roulait comme un escargot. Son conducteur devait chercher son chemin, ou bien une place, mais aucun clignotant ne l'indiquait. D'un coup, j'ai rétrogradé et déboîté en accélérant à fond. Je n'ai pas regardé derrière moi, pas tenu compte de la ligne continue, et je serrais le volant au-delà de ce qui était nécessaire. Je devais absolument me calmer.

— Quand Kevin se trouve en face de toi, tu sais qu'il va faire un crochet ?

— Oui. C'est facile. Il faut observer le pied d'appui. Si la pointe du pied est vers l'extérieur, il prépare un crochet. J'ai vu ça avec l'arrêt sur image.

— À chaque fois que le joueur va faire un crochet, le pied d'appui est vers l'extérieur ?

— Non, trois fois sur quatre. C'est un risque acceptable. L'absence de risque n'existe pas. Aux échecs non plus.

Je me suis engagé sur une rocade qui contournait le centre. Nous avons longé des barres d'immeubles et l'hôpital s'est dressé devant nous. C'était un bâtiment de construction récente et l'accès aux urgences était encore en travaux. Je me suis rangé comme j'ai pu, entre un camion et une ambulance.

La porte vitrée s'est ouverte automatiquement et je me suis retrouvé au comptoir d'accueil, à remplir une fiche à propos d'un enfant dont je ne connaissais pas la date de naissance. Puis nous avons attendu, assis sur des chaises, à côté d'un homme au visage tuméfié qui sentait l'alcool à plein nez. Une jambe de Léonard s'est mise à battre de plus en plus vite. Je l'avais déjà vu réagir de cette manière quand il s'était installé dans la chambre, au pavillon. Un médecin s'est arrêté à notre hauteur et nous a priés de le suivre. Nous avons pénétré dans une salle dont l'équipement sentait le neuf et le médecin a désigné la banquette où Léonard devait s'asseoir. Une infirmière nous a rejoints.

— Il s'est fait ça comment ? a demandé le médecin en examinant l'entaille.

— Il a heurté un poteau de but.

— L'entaille est assez profonde quand même. C'est plein de saletés là-dedans.

Le médecin s'est adressé à Léonard. Il a commencé à nettoyer la plaie.

— Ça va piquer un peu, jeune homme. Ensuite on va te poser des points. C'est un peu douloureux. Mais j'ai affaire à un garçon courageux, il me semble…

Léonard n'a pas répondu et le médecin est resté un instant à l'observer, puis il s'est approché du meuble où se trouvaient les instruments nécessaires à son intervention, à côté duquel je me tenais.

— Il a toujours cette manière de regarder, votre fils ?

— C'est mon neveu.

— Je veux dire, il évite le contact visuel…

— Il est assez pudique.

— Sa réaction à la douleur est particulière, également.

— C'est-à-dire…

— Les enfants sont plus ou moins capables de se contrôler. Mais lui paraît ne pas avoir mal, ou très peu, ce qui est différent…

— Vous voulez me dire quoi au juste ?

Il pouvait avoir la quarantaine. Ce n'était pas un jeunot surmené comme on en rencontre parfois aux urgences. Il a choisi une aiguille avec soin et a engagé le fil sans hésiter.

— Seriez-vous opposé à ce qu'une collègue l'examine ?

— Dans quel but ?

— J'ai l'impression qu'il est un peu choqué…

— Parce qu'il est ailleurs…

— Ailleurs ?

— Vous avez cette impression parce qu'il est ailleurs. Mais ça n'a pas de rapport avec le choc. Il est toujours comme ça…

— Vous savez c'est la routine… Ce genre d'examen.

Je n'avais pas de raison particulière de m'opposer à lui. Après tout, il était dans son domaine de compétence. Pour ma part, sur un terrain de football, je n'aimais pas qu'on s'oppose à mes décisions.

Il a décroché son téléphone et conversé avec une collègue du nom de Catherine. Il parlait assez doucement et je n'ai pas bien compris ce qu'il disait. J'ai regardé Léonard. Il attendait, assis sur la banquette, le visage tourné vers le mur blanc. J'ai pensé aux mille quarante-trois coups possibles aux échecs. Il était peut-être en train de les passer en revue.

Le médecin a posé un premier point de suture. Ses gestes étaient vifs et précis. Il a demandé une pince à l'infirmière pour resserrer le fil. À ce moment, une jeune femme qui pouvait avoir trente-cinq ans est entrée dans la pièce. Ce devait être la collègue à laquelle il avait demandé de venir.

— Vous êtes l'oncle de ce garçon ?

— Oui.

— Puis-je vous parler un instant ?

Sa voix était calme, son regard clair. Elle m'a indiqué d'un geste de la suivre dans le couloir. Il y avait pas mal de mouvement. Et du bruit. Nous avons contourné un brancard sur lequel un vieil homme patientait. Elle s'est arrêtée un peu plus loin, près d'un pilier qui ménageait un peu de tranquillité.

— Je suis le docteur Vandrecken. Ma spécialité, c'est la pédopsychiatrie. Je vais procéder à quelques tests comportementaux, rien de compliqué. Ils se font hors de la présence de la famille. Mais n'y voyez pas une volonté de vous tenir à l'écart. Il a simplement été constaté qu'une personne proche du sujet pouvait le perturber dans ses réponses. Nous aurons bien sûr un entretien à l'issue de ces tests. J'ai cru comprendre que vous ne connaissiez cet enfant que depuis peu de temps…

— C'est exact.

— Quelle est sa situation familiale ?

— Il vit avec ma sœur.

— Et le père ?

— Il est parti quand il avait sept ans.

— Et votre sœur vous l'a confié.

— Pour quelques jours.

— Très bien. Vous avez une salle d'attente à droite. Ce ne sera pas long.

La jeune femme est retournée dans la pièce où se trouvait Léonard et je suis resté planté au milieu du couloir. Je n'avais pas envie d'être assis sur une chaise. Ou de faire face à un brancard. J'ai cherché l'issue la plus proche.

14

L'air frais m'a fait du bien. Je me suis adossé à un mur, un peu à l'écart de la rampe d'accès. Je me suis appliqué à respirer à fond pour tenter d'évacuer la tension qui m'envahissait. Dans le bâtiment d'en face, une vieille femme fumait à la fenêtre de sa chambre. D'un coup, elle a jeté sa cigarette et s'est retirée à l'intérieur, puis une infirmière est apparue pour refermer la vitre sèchement.

Une ambulance du Samu est arrivée, sirène hurlante, et s'est rangée devant l'entrée de l'hôpital. Les portes se sont ouvertes et les brancardiers se sont activés. Les précautions pour déplacer le corps, les visages, les attitudes ne laissaient aucun doute sur la gravité de la situation. J'ai pensé à mon père. Au jour où il était entré dans un hôpital, sûrement de cette manière, pour ne plus en ressortir.

Il avait été admis au CHU de Toulouse après qu'on l'avait désincarcéré de sa voiture, partie en tonneaux sur le bas-côté de l'autoroute, à la hauteur de Montauban. Que s'était-il passé ? Il s'était endormi, c'est la thèse qui avait prévalu, après s'être imprégné de toutes sortes d'alcools. On l'avait sorti de la carcasse avec de terribles fractures, mais surtout la partie arrière du crâne enfoncée, et il était mort après trois jours de coma, sans s'être réveillé. J'avais appris la nouvelle au téléphone, par ma sœur. Je me souviens qu'elle avait détesté ma réaction, trop froide à son goût, alors qu'elle fondait en larmes. C'est ce jour-là qu'elle m'avait traité pour la première fois de cœur de pierre, ce qui m'allait très bien. Mon père avait fini dans un fossé d'autoroute, en pleine ligne droite. Sans qu'un obstacle se soit présenté, sans qu'un virage lui ait tendu un piège, sans qu'un chauffard lui ait cherché querelle. L'obstacle, c'était juste lui. Sa capacité de destruction, et d'abord de lui-même.

— Monsieur Barteau ?

Une voix m'a extrait de mes pensées. C'était celle de la pédopsychiatre. Elle était en contre-jour et j'ai plissé les yeux pour mieux la voir.

— Vous savez, le docteur Mérieux est un excellent médecin.

— Pourquoi me dites-vous ça ?

— Parce qu'un bon médecin n'a pas seulement des connaissances, il est également intuitif. Avez-vous entendu parler du syndrome d'Asperger ?

— Jamais de la vie. C'est une maladie ?

— On ne peut pas dire ça. C'est un état. Une forme d'autisme léger qui produit assez fréquemment des personnes hors du commun. De grands pianistes sont des Asperger. Einstein en était un selon toute vraisemblance. Fischer, le champion du monde des échecs...

— De grands sportifs ?

— Pas à ma connaissance, mais probablement. Qu'est-ce que vous faites dans la vie, monsieur Barteau ?

— Je suis entraîneur de football.

— Donc vous l'avez mis au football...

— Ça ne s'est pas passé comme ça...

— Vous voulez bien me raconter ?

Les choses allaient beaucoup trop vite pour moi. J'ai éprouvé le besoin de reprendre le contrôle. Au moins d'essayer.

— Je peux savoir où est Léonard ?

— Il est en train de faire une partie d'échecs avec le docteur Mérieux. Je crois qu'il le ridiculise.

— J'ai besoin d'un café.

— Je vous invite à la cafétéria, mais dehors. Si je bois un café, il faut que je fume. Je sais, c'est mal.

Trois tables étaient installées sur une petite terrasse. À l'une d'elles était assis un vieil homme aveugle qui souriait à on ne sait quoi. Le docteur Vandrecken a allumé sa cigarette et croisé les jambes. Je ne l'avais pas réalisé tout à l'heure, préoccupé que j'étais par Léonard, mais c'était une très jolie femme. Cependant, on aurait dit qu'elle n'y attachait aucune importance.

— Donc vous dites qu'il joue au football...

— Il a commencé par prétendre que le football était un jeu simpliste en comparaison des échecs.

— Ça vous a vexé.

— Non, je pense que c'est faux, c'est tout. Et comme j'ai une vidéothèque des plus grands matchs, je lui en ai donné un à visionner.

— Pour qu'il change d'avis ?

— Pour qu'il se fasse une opinion en connaissance de cause.

Je voyais bien que le docteur Vandrecken m'évaluait en même temps qu'elle me posait des questions sur Léonard.

— D'accord. Et après ça ?

— Il a regardé un premier match attentivement, puis il m'en a demandé d'autres. Et ensuite, c'est lui qui est allé se servir tout seul dans ma vidéothèque. En une nuit, il en a visionné plus de cinquante, en notant les combinaisons, en classant les actions, en calculant les probabilités de réussite en fonction des décisions prises par les joueurs.

— Il applique son approche de joueur d'échecs au football.

— Exactement. Alors je lui ai demandé à quel poste il se voyait jouer sur l'échiquier du football.

— Et il a répondu goal.

— Il vous l'a dit ?

— Non. Mais c'est le plus logique. Les déplacements du goal sont limités. Son espace plus facile à cerner. Et vous l'avez emmené sur un terrain...

— Oui.

— Et ça a donné quoi ?

— Ce qu'il a fait est assez... étonnant.

Parvenue à ce point de la conversation, Catherine Vandrecken a allumé une seconde cigarette. Elle hochait un peu la tête. Elle soupesait différentes idées, visiblement, elle tentait d'en faire la synthèse, puis elle est revenue à moi.

— Il faut que vous ayez certaines notions sur le syndrome d'Asperger, sinon vous risquez de faire des erreurs d'interprétation. Une personne atteinte de ce syndrome ne perçoit pas les choses de la même manière que vous et moi. Ça ne veut pas dire qu'elle est folle ou débile. Bien au contraire. Par contre un Asperger est réellement différent, et il faut tout le temps en tenir compte.

— Donnez-moi des exemples.

— Son cerveau n'est pas construit comme le vôtre. Pour schématiser, nous rangeons nos pensées dans des boîtes qui se sont construites durant nos premières années de vie et qui nous permettent de nous repérer. C'est un acquis, auquel nous ne faisons même plus attention et grâce auquel nous pouvons réagir de la façon qui convient aux situations survenant dans la vie en société. Un Asperger n'a pas ses boîtes. Elles ne se sont pas construites dans son cerveau pour des raisons génétiques, donc il doit les inventer au fur à mesure. Du moins s'il veut vivre en société. Pour résumer très grossièrement, c'est un Martien en visite sur Terre. Il arrive d'une autre planète et il ne comprend rien à notre fonctionnement. Il ne dort pas comme nous. Il n'aime pas qu'on le touche. Il ne ment jamais. Il parle d'une manière pédante…

— Ça, c'est Léonard…

— Dans ces conditions que peut-il faire ? Ou bien il est lui-même, mais dans beaucoup de cas il sera incompris, rejeté, maltraité parfois. Ou bien il nous imite pour tenter de passer inaperçu, être tranquille, ce qui est son objectif principal.

— Comment il peut nous imiter s'il ne nous comprend pas ?

— En se servant de sa capacité cérébrale, qui lui donne la possibilité d'observer, de classer, de mémoriser en permanence. Il est obligé de le faire, puisqu'il n'est pas comme nous. Il doit constamment réfléchir, chercher des indices, utiliser les informations qu'il possède sur nous pour en déduire ce qu'il doit faire. C'est un travail épuisant, et c'est pourquoi il tombe brutalement de sommeil quand ce processus l'a vidé de son énergie…

Au fur à mesure des explications du docteur Vandrecken je voyais des images défiler. Le comportement déroutant de Léonard prenait tout son sens.

— Léonard joue au football parce qu'il a peur que je le rejette ?

— En partie. Mais ça peut aussi résulter d'un sentiment plus complexe.

— C'est-à-dire…

— C'est un jeu qu'il a établi avec vous apparemment. Les Asperger s'intéressent à nous si nous ne nous comportons pas comme des idiots. Au travers du football, il peut avoir une relation avec vous…

— Au départ il m'a proposé une partie d'échecs. Mais je ne sais pas y jouer.

— Alors il vient dans votre monde, puisque vous ne pouvez pas aller dans le sien.

— Oui, enfin à sa façon. Je ne lui ai pas demandé de mettre la pagaille dans mon équipe…

— C'est ce qu'il a fait ?

— Un peu, oui.

— Une partie de lui veut copier, une partie de lui s'y refuse… C'est toute la question de l'Asperger. La construction de son identité peut le faire souffrir terriblement. Quelles sont ses relations avec sa mère ?

J'ai pris le temps de répondre. C'était de loin la question la plus compliquée pour moi.

— Je ne sais pas. On se voit très rarement. Elle m'a demandé de le garder parce qu'elle n'avait pas d'autres solutions.

— Pour elle, son fils n'a rien de particulier ?

— Non. Il a son caractère. C'est comme ça qu'elle me l'a présenté…

— Elle est dans le déni. C'est très fréquent. Mais pour l'enfant c'est plus compliqué. Il veut satisfaire sa mère, donc se comporter d'une manière, entre guillemets, normale, et, d'un autre côté, il ne peut s'empêcher d'exprimer sa différence... Excusez-moi mais je vais devoir y aller. C'est l'heure des consultations.

Je me suis levé pour la saluer. Elle m'a tendu une main franche. Elle a cherché dans sa poche, une carte probablement. Son stylo est tombé. Je l'ai ramassé vivement. Elle m'a souri.

— N'hésitez pas à m'appeler. Si je ne suis pas à l'hôpital le secrétariat sait où me joindre.

15

J'ai attendu Léonard devant la voiture, appuyé contre le capot. Puisqu'il était si intelligent, il pourrait me trouver facilement. Il a fini par sortir des urgences et il m'a rejoint, comme si de rien n'était, de sa démarche un peu gauche. Il a passé la main dans ses cheveux, les points de suture devaient se faire sentir.

— J'ai gagné les deux parties, a-t-il dit en arrivant à ma hauteur.

— Monte.

J'ai quitté le parking, les dents serrées. Et je ne les ai pas desserrées avant d'être au-delà de la rocade, dans le trafic.

— Ouvre bien tes oreilles, je ne vais pas le répéter. La première chose, c'est que tu n'es pas forcé de jouer au football. Personne ne t'y oblige. Je ne vais pas te jeter dehors ou te priver de manger parce que tu n'y joues pas. Joue parce que tu en as envie, et pour aucune autre raison. Et je me fiche que tu ne me regardes pas, mais fais-moi un signe si tu as bien compris.

Il y a eu un moment de silence dans la voiture, puis Léonard a hoché légèrement le menton.

— La deuxième chose, c'est que a priori tu es doué. Peu importe le pourquoi et le comment. Mais c'est un fait.

Ce qui suivait était ce que je voulais absolument qu'il comprenne. J'ai pris le temps de choisir mes mots.

— La troisième chose est la plus importante. Si tu veux revenir sur le terrain, je ne vais pas m'y opposer, mais il y a une condition. Tu dois accepter les règles du groupe. On ne peut pas agir comme tu l'as fait cet après-midi. On ne parle pas comme ça à un autre joueur. On ne lui donne pas une leçon parce qu'on pense être plus fort que lui...

— J'ai voulu l'aider...

— Tu écoutes et tu te tais. Tu n'as pas voulu l'aider mais lui montrer ta science. Tu t'es pris pour le professeur, mais tu ne l'es pas. Ce n'est pas parce que tu as regardé des vidéos que tu es un bon joueur. Je veux voir ton menton bouger.

— Ce n'est pas la peine, je peux parler.

— Eh bien parle.

— J'ai compris.

— Alors c'est bien.

Nous n'avons plus échangé une parole jusqu'au pavillon, et aussitôt la porte ouverte, Léonard est allé dans sa chambre. À l'heure du dîner je lui ai proposé de manger, et il a répondu qu'il n'avait pas faim. Je n'ai pas insisté. S'il avait une fringale nocturne, il connaissait le chemin du frigo. Je lui ai demandé de prendre une douche et de ne pas se coucher trop tard. Je ne l'ai plus vu du reste de la soirée.

J'ai apprécié d'être seul dans ma cuisine. J'ai regardé les infos permanentes. Une tempête avait ravagé la côte chilienne. Boston avait battu Miami en basket. Le chômage avait augmenté de deux points dans la zone euro. J'ai laissé les images défiler mais mon esprit a commencé à vagabonder. J'ai pensé à Catherine Vandrecken en train de fumer sa cigarette, les jambes croisées, à la cafétéria de l'hôpital. Soudain, mon téléphone s'est mis à vibrer. J'avais oublié que ma sœur devait rappeler. Cette fois un numéro masqué s'est affiché. Elle avait encore changé de portable.

— Vincent, c'est moi. Tu m'entends, là ?

— Très bien.

— Je ne pouvais pas t'appeler avant, on a des journées de fous et des exercices à faire le soir. Heureusement que Patrice me donne un coup de main, je ne sais pas comment je m'en sortirais…

— Qui est Patrice ?

— Je t'en ai parlé. C'est le garçon qui m'héberge.

— Maintenant il t'héberge…

— Tu ne m'écoutes pas ou quoi ? Je te l'ai dit…

— Je croyais que c'était pour une nuit.

— On s'entend super bien, on ne se quitte plus. Il va ouvrir un bar à Châteauroux. Il a de super idées pour fidéliser la clientèle. Il veut inviter des créateurs, des personnalités, il a un carnet d'adresses, tu verrais ça. Et tiens-toi bien, il me propose d'entrer dans l'affaire !

— Tu veux dire qu'il veut te taper.

— Vincent, c'est pas drôle, c'est une proposition en or. Il a pas besoin de mon fric. Il est blindé. C'est parce qu'on a le feeling tous les deux. Il veut pas seulement que je travaille avec lui comme serveuse. Il veut qu'on soit associés, tu comprends ?

— Et il te demande quoi exactement ?

— Vingt mille, tu te rends compte, c'est rien du tout pour une affaire comme celle-là...

— Heureusement que tu ne les as pas.

— Hein ? Je t'entends mal...

— Je disais, heureusement que tu ne les as pas.

— Eh si, figure-toi. Je me suis débrouillée avec ma banque pour qu'ils me fassent un crédit à la consommation.

— Je croyais que tu étais dans le rouge.

— Eh bien justement, ça rembourse le découvert et ça me laisse quand même quinze mille ! Le temps de faire les papiers, j'aurai l'argent la semaine prochaine. Il ne me manque plus que cinq mille. C'est de ça que je voulais te parler. Ce serait juste pour quelques semaines. Le temps que l'affaire soit lancée...

J'ai éprouvé le besoin de m'asseoir. Même si je la connaissais, elle pouvait encore m'épater. J'étais partagé entre éclater de rire, raccrocher ou hurler, mais je savais que je ne devais surtout pas être dominé par mes émotions. Je devais garder les yeux grands ouverts, tandis qu'elle exécutait ses tours de passe-passe. Je devais poser les bonnes questions.

— Tu me demandes cinq mille, là, maintenant ?

— Je te les rembourserai avec les intérêts si tu veux.

— Ce n'est pas la question, tu connais ce gars depuis deux jours. Tu ne crois pas que tu devrais attendre un peu et voir...

— Vincent, tu n'as pas compris. C'est ma chance qui passe !

— On en parlera quand tu seras là. Tu viens toujours chercher ton fils dimanche en huit ?

— Bien sûr.

— Tu ne veux pas lui parler ?

— Oh, tu sais, au téléphone, il ne dit rien, ça le dérange plus qu'autre chose...

— Comme tu veux.

— Tu n'as pas de problème avec lui ?

Je ne me voyais pas lui expliquer au téléphone ce qui avait conduit à cet incident sur le terrain, encore moins évoquer l'entretien avec Catherine Vandrecken. J'avais besoin de l'avoir en face pour en parler.

— Ça va.

— C'est sérieux cette histoire de football ?

— Il a essayé en tout cas. Est-ce qu'il va continuer, c'est une autre histoire.

— J'arrive pas à le croire.

16

À neuf heures moins le quart Léonard était sous l'horloge de l'entrée. Il attendait de partir. Il avait pris son petit-déjeuner, nettoyé son bol, enfilé son survêtement, il était prêt. De mon côté je finissais de me préparer tranquillement, mais plus l'aiguille s'approchait de neuf heures, plus mon neveu semblait stressé.

J'ai bouclé la porte à moins deux et je n'ai rien dit jusqu'à ce que nous soyons dans la Peugeot, mais une fois à bord j'ai éprouvé le besoin de lui envoyer un message.

— Dans mon monde, on peut être en retard de cinq minutes.

Il avait déjà enfilé ses gants comme s'il voulait être prêt à plonger sur un ballon en sortant de la voiture. Il exécutait des mouvements répétitifs avec ses doigts.

Il y avait du brouillard sur le parking. J'ai demandé à Léonard de m'attendre. Je devais parler aux autres. On ne pouvait pas reprendre le jeu comme si rien ne s'était passé. J'ai emprunté le couloir qui témoignait de la vétusté des installations. À certains endroits des plaques s'étaient détachées, mais au moins il y avait de la lumière, ce n'était pas le cas partout. J'ai entendu les garçons à travers le mur. Ils se lançaient des piques. Ils poussaient des cris de guerre pour se défouler. Je suis entré dans le vestiaire et le silence s'est fait presque aussitôt.

— Aujourd'hui on va faire un petit match.

— Super, m'sieur !

Ils voyaient les matchs comme l'occasion de se défouler. Comme quoi j'avais encore du travail.

— Ne vous emballez pas. Ce n'est pas la récréation. Ce que je veux avant tout, c'est que vous appliquiez dans une situation de jeu les schémas appris en atelier technique. Les exploits individuels, si tant est que vous en soyez capables, ce sera à un autre stade. Je veux pouvoir évaluer votre capacité à reproduire des consignes, une approche tactique, d'accord ?

Ils ont grogné et commencé à se diriger vers la sortie du vestiaire.

— Je n'ai pas fini !

J'ai cherché Rouverand du regard. Il était derrière ses camarades, lui toujours le premier sur le terrain.

— Léonard sera de nouveau avec nous pour cet entraînement. L'incident d'hier est clos. Je lui ai rappelé certaines règles de la vie de groupe. Il doit s'y habituer car c'est un garçon assez solitaire. Mais je vous demande également de le respecter. Ses réactions peuvent vous surprendre, mais laissez-moi juger de sa capacité à s'intégrer ou pas.

— C'est un bon goal, m'sieur...

— Nous, c'est tout ce qui nous intéresse. Le reste, on s'en fout !

— C'est vrai, m'sieur.

— Alors en piste.

Ils se sont précipités dans le couloir. Entre-temps le brouillard s'était dissipé, mais le terrain était encore humide. J'ai mis Rouverand et Léonard dans la même équipe. Je n'étais pas pressé de les revoir face à face. Le match a débuté. Je me suis posté sur la ligne de touche. Bien sûr, j'avais l'intention de superviser l'ensemble des joueurs, mais ce serait mentir de ne pas avouer que je focalisais mon attention sur le comportement de mon neveu. Jusqu'à présent il n'avait participé qu'à des situations de jeu limitées dans l'espace, des corners, des attaques placées sur un but unique. Un match, aussi modeste soit-il, impliquait qu'il soit capable de réagir à une autre échelle.

La réponse à mes interrogations n'a pas tardé à arriver. Sur la première montée adverse, il est venu à la limite de ses seize mètres, comme un gardien aguerri l'aurait fait, pour dégager le ballon sous le nez de Bousquet parti à la limite du hors-jeu, dans le dos de la défense. Et sur le corner suivant, la démonstration a été encore plus flagrante. Il s'est emparé du ballon au milieu d'un paquet de joueurs, sans même forcer, comme il serait allé cueillir des fleurs.

C'était d'autant plus spectaculaire qu'à l'évidence, il n'avait ni la tonicité musculaire ni la résistance physique habituelle d'un jeune compétiteur de son âge. Pour tout dire il donnait une impression de lenteur, voire de mollesse. Ses bras pendaient la plupart du temps le long de son corps, comme s'il ignorait ce qu'il devait faire. Il marchait plus souvent qu'il ne courait. Il n'était pas spécialement adroit et son attention semblait très relative. Mais alors comment faisait-il ? Tout résidait en fait dans sa lecture du jeu. Sur les balles hautes, il ne brillait pas par sa détente, mais il sautait au moment juste, et ça compensait largement. Sur sa ligne de but, il se déplaçait à une vitesse plutôt lente, mais il se mettait en mouvement si tôt qu'il coupait les trajectoires et se retrouvait rarement pris en défaut. Pour résumer, il avait l'air de dormir, mais il était toujours à l'heure au rendez-vous du ballon, et tout ça à cause de sa lecture du jeu hors norme, de cet échiquier qu'il avait dans le cerveau où les joueurs se déplaçaient selon des probabilités chiffrées pour effectuer des actions dont ils ignoraient eux-mêmes à quel point elles étaient prévisibles.

Sur une interception rapidement transformée en contre-attaque, Rouverand a marqué. Lui et ses équipiers se sont congratulés tandis que Léonard restait dans ses cages, le visage aussi lisse qu'à l'ordinaire. Cependant cette singularité n'était déjà plus un problème. Je l'ai compris en observant la réaction de ses camarades. Ils se sont tournés vers lui en levant un pouce, sans chercher à l'entraîner dans leur célébration. Il était différent, il était même un peu étrange, mais son efficacité commençait à leur procurer un sentiment délicieux. Ce monstre froid était leur goal. Bientôt ils n'en voudraient aucun autre.

L'ironie s'est emparée de moi. Ce que tout entraîneur rêvait de dénicher, un petit génie du ballon rond, je l'avais sous les yeux, en train de se révéler, et pourquoi, parce que ma sœur en galère n'avait pas trouvé d'autre solution que de me demander à moi, son frère, de garder son gosse. Mais ça ne pouvait pas être aussi facile. Léonard avait forcément un talon d'Achille. Le subterfuge allait être découvert. Un ailier n'était pas un cavalier, ni un avant-centre un fou.

Au moment où j'émettais ce doute, Bensaid a contré le ballon au milieu du terrain et servi Mutu plein axe. En quelques foulées la perle noire a justifié sa réputation de dévoreur d'espace pour se retrouver dans les dix-huit mètres, lancée à pleine vitesse. Que pouvait penser Léonard à cet instant ? À quelle situation il allait apparenter ce face-à-face parmi les dizaines de cas de figure stockés dans son impressionnante mémoire ? Cependant, avant que la réponse se dessine, Marfaing est revenu de nulle part pour faucher Mutu avec un peu trop d'agressivité. Je suis entré sur le terrain pour prévenir toute altercation, mais la faute était si flagrante que personne ne l'a contestée, pas même le coupable, et j'ai désigné le point de pénalty pendant que tous se regroupaient, hors de la surface, pour assister au spectacle.

Mutu a décidé de se faire justice lui-même, et pour tous c'était couru d'avance. Léonard allait aimanter le ballon, et Mutu démontrer une fois de plus que s'il était un fameux coursier, en revanche, il ne fallait pas compter sur lui pour la mettre au fond. Mais ce n'est pas du tout ce qui s'est passé. Mutu s'est élancé, certes, et comme chacun s'y attendait, il a déclenché un tir parfaitement inoffensif, dont le seul mérite était d'être cadré, et c'est là que le talon d'Achille de Léonard s'est révélé au grand jour. Devant tous les autres joueurs, il n'a pas bougé de sa ligne, incapable de réagir à ce ballon insignifiant, qui a roulé dans le but, pour lentement mourir dans les filets.

C'était tellement grotesque, impensable, que les garçons n'ont même pas ri. Ils en sont restés muets de surprise, tandis que je revoyais, en un éclair, les piles de DVD et que l'explication de ce fiasco m'apparaissait. Dans tous ces trésors, le hasard, la malchance, avait voulu qu'il n'y ait aucun pénalty. Mon neveu n'avait tout simplement pas de référence au moment où Mutu s'était élancé, et tout son être était tombé en panne.

17

Léonard s'est éloigné de ses buts, d'abord en marchant, puis, comme je l'appelais, il s'est mis à courir. Il ne voulait plus qu'une chose, disparaître. Je me suis lancé à sa poursuite. Il s'était faufilé dans des buissons en lisière du stade avant que j'aie pu l'atteindre, et j'ai eu toutes les peines du monde à le sortir de là. Il avait voulu traverser cette végétation, mais les épines l'avaient retenu et peu à peu il s'était pris dedans. Maintenant il ne bougeait plus. Je me suis lentement approché de lui. Je l'ai dégagé des ronciers et je l'ai ramené à la voiture.

En arrivant au pavillon, je l'ai conduit directement dans la salle de bains. Les épines avaient griffé son visage et ses mains. J'ai désinfecté ses écorchures. Je m'attendais à ce qu'il refuse ce contact, mais il m'a laissé faire, étonnamment. C'était comme s'il n'avait même plus la force de résister. Ensuite, il a regagné sa chambre sans un mot, a fermé la porte derrière lui, et j'ai compris que je devais le laisser tranquille. C'était tout ce qu'il me demandait.

Je suis resté un long moment à réfléchir dans le salon, face aux DVD dispersés sur la table. Je me suis souvenu alors que Catherine Vandrecken m'avait proposé de l'appeler si j'avais besoin d'aide. J'ai pris sa carte et composé le numéro du service de pédopsychiatrie. J'ai été mis en attente, puis on a fini par me dire que le docteur Vandrecken assurait ses consultations et était par conséquent injoignable. J'ai décidé de me rendre à l'hôpital sans attendre. J'avais le sentiment d'avoir joué aux apprentis sorciers, de m'être laissé posséder par la perspective excitante de découvrir un crack. Mais c'était d'un gosse qu'il s'agissait. Et il s'était retrouvé humilié.

J'ai laissé un mot dans la cuisine au cas où Léonard sortirait de la chambre, mais j'en doutais fortement. Il était épuisé et il allait dormir des heures. Je n'ai pas précisé dans mon mot que je retournais à l'hôpital. J'ai prétexté une course à faire. Mais j'ai souligné le point essentiel. Il était chez lui et personne, ici, ne lui ferait de mal.

Dans la salle d'attente du docteur Vandrecken, il y avait déjà quelques personnes, un couple de jeunes gens qui tenaient leur enfant contre eux et semblaient épuisés ; une femme d'une quarantaine d'années avec son fils qui devait avoir l'âge de Léonard et essayait d'attirer son attention alors qu'elle pianotait des SMS sur son portable. Le tour du couple est arrivé, ils sont restés presque trois quarts d'heure dans le cabinet et je me suis dit que ce serait le même tarif pour la femme et son enfant, mais non, la secrétaire m'a fait entrer à peine un quart d'heure plus tard, et je me suis retrouvé face à Catherine Vandrecken, déstabilisé, cherchant les mots qui correspondaient à ma démarche.

— Je suis heureuse de vous revoir. Comment va Léonard ?

— Il s'est passé... certaines choses.

— Certaines choses ?

— Il a voulu continuer à venir au stade. Je lui ai laissé le choix. Je lui ai dit qu'il devait le faire pour lui-même.

— Vous avez dit ça ?

— Oui.

— C'est très bien. Et alors ?

J'ai commencé à lui raconter comment Léonard s'était montré brillant, grâce à son visionnage des vidéos, à sa faculté de mémoriser et de reproduire les situations de jeu, mais aussi comment il était resté tétanisé, incapable d'arrêter un pénalty ridiculement tiré parce que son cerveau n'en avait pas la référence. Catherine Vandrecken m'a écouté jusqu'au bout, elle est restée silencieuse bien après que j'ai eu achevé mon récit. Elle était grave, et ensuite elle a souri. C'est incroyable comme ce sourire m'a fait du bien.

— Vous vous rappelez ce que je vous ai dit à propos des boîtes. Il n'avait pas la boîte qui correspond au pénalty. Il doit la construire.

— J'ai compris ça. Mais après les pénaltys il y aura une autre boîte manquante. Ça n'en finira jamais.

— Après avoir laissé passer le ballon il a réagi comment ?

— Il est allé se cacher dans des buissons de ronces. Je l'ai ramené à la maison, il est allé dans sa chambre, et maintenant il veut être seul.

— Parce qu'il a honte, c'est sur la honte qu'il faut travailler. Quand vous dites qu'il manquera toujours des boîtes, c'est vrai, mais à chaque fois qu'il acceptera d'en construire une nouvelle, il gagnera de la confiance en lui. Il se prouvera qu'il peut dépasser la honte et, peu à peu, cette honte disparaîtra.

— Vous croyez ça ?

— Je sais ce que vous ressentez. Vous vous demandez si ça vaut la peine de l'embarquer dans un univers qui comporte autant d'obstacles... de quel droit.

— Exactement. Il est heureux quand il joue aux échecs.

— Vous voulez bien m'emmener au théâtre ?

— Pardon ?

— Je dois rejoindre des amies. La représentation est à dix-huit heures et normalement je ne devais plus prendre personne...

— Je suis désolé, j'ai essayé de vous joindre au téléphone, mais...

— Vous avez eu raison de venir. C'est même très important de l'avoir fait. Si vous me déposez au théâtre, nous pourrons parler encore un peu...

Elle s'est levée sans attendre une réponse. Pour elle c'était acquis. Elle a ôté sa blouse. Elle portait en dessous une robe noire, très simple. Je l'ai aidée à enfiler son manteau. C'était une situation étrange. J'étais venu lui demander un conseil, et maintenant nous étions un peu comme un couple qui sortait en ville. Sauf que j'étais loin de son élégance.

Catherine Vandrecken est montée dans ma voiture et nous avons roulé vers le centre. Elle a continué la conversation comme si de rien n'était. Elle agissait comme si nous nous connaissions depuis longtemps.

— Vous dites qu'il est heureux quand il joue aux échecs... Encore faut-il qu'il trouve un partenaire, ce qui ne doit pas être si fréquent, et la plupart du temps il joue seul, n'est-ce pas ?

— C'est vrai, mais il aime être seul.

— Bien sûr. Mais il a besoin des autres également. C'est juste un problème d'équilibre. En cela il n'est pas différent des neurotypiques...

— Les neurotypiques ?

— Ce sont les gens qu'on dit normaux. Vous et moi. S'il s'est intéressé au football c'est sûrement pour avoir une relation avec vous, mais aussi pour jouer avec les autres garçons de son âge.

— Il ne les calcule pas une seconde...

— Mais si. Quand il a honte, c'est en partie par rapport à eux, donc quand il est fier c'est aussi un peu par rapport à eux. Essayez de sortir des schémas trop évidents. Ce n'est pas parce qu'on ne parle pas qu'on ne communique pas. Ce n'est pas parce qu'on fuit le regard qu'on ignore les autres. En réalité il partage une chose avec nous, même si c'est à une autre échelle... il a besoin de rester lui-même, mais aussi d'avoir des relations avec les autres. S'il peut trouver une place sur le terrain, en étant reconnu pour ce qu'il est, ce sera fantastique pour lui...

— Et s'il échoue ?

— Pourquoi il échouerait ? Vous allez l'aider.

— Vous me surestimez. J'ai vu la possibilité de recruter un bon goal, c'est tout.

— Je ne vous crois pas.

Nous sommes arrivés place de Verdun, là où était le théâtre municipal. Les spectateurs commençaient à entrer. Je me suis garé à cheval sur le trottoir.

— Je vous laisse là.

— Je ne suis pas d'accord, vous devez m'accompagner jusqu'au bout.

Pour la seconde fois elle ne m'a pas laissé le choix. Elle a pris mon bras et m'a entraîné au pied des marches. Ses amies étaient élégantes, elles aussi. Elles étaient deux, on aurait dit que c'étaient la mère et la fille. Elles m'ont observé d'un air qui m'a semblé amusé. Mais peut-être que j'étais un peu paranoïaque.

— Je vous présente Vincent, qui a eu la gentillesse de m'emmener jusqu'ici.

J'ai salué ces dames et dès que possible repris ma liberté. En montant dans ma voiture, j'ai jeté un œil au théâtre. Sur le parvis, il n'y avait presque plus personne. Catherine Vandrecken était en haut des marches. J'aurais juré qu'elle regardait dans ma direction.

18

Je suis entré dans le pavillon. Il était silencieux et sombre. J'ai allumé dans le couloir et marché droit vers la cuisine. Le mot était toujours sur la table, visiblement Léonard n'était pas sorti de sa chambre pendant mon absence. J'ai réfléchi un instant. Ce que m'avait dit Catherine Vandrecken avait fait son chemin dans mon esprit durant le trajet du retour. C'était un de ces moments de décision comme on en connaît dans les vestiaires. On a peu de temps devant soi. Les inconnues sont nombreuses. Il faut prendre une option, y croire. Le pire est toujours de ne rien faire.

J'ai rejoint la chambre de Léonard. La porte était fermée. J'ai posé la main sur la poignée. Après ça ce serait le non-retour. Léonard était assis sur le lit. Il me tournait le dos. Il regardait devant lui, les épaules basses, la tête un peu penchée.

— Je pense qu'en cherchant un peu, ai-je commencé, je dois pouvoir trouver une vidéo de pénaltys. Mais si tu veux vraiment jouer, ça ne suffira pas. Il faut que tu puisses réagir même quand tu n'as pas de référence de l'action. Sinon je ne pourrai jamais t'aligner dans un vrai match. Et ce serait dommage parce que tu es très bon. Je le pense. Et tes camarades aussi. D'ailleurs tu as pu le constater, ils ne se sont pas moqués de toi au moment du pénalty. Ils ont été surpris, c'est tout. Tu penses qu'ils t'auraient épargné s'ils ne te respectaient pas ?

Léonard a redressé lentement la tête. Il a gardé le dos tourné, mais je savais qu'il m'écoutait attentivement.

— Maintenant, personne ne t'oblige à jouer, et surtout pas moi. Mais si tu veux continuer, on peut réfléchir à une méthode. Tout joueur a une faiblesse, et souvent, c'est ce qui devient sa force. Zidane était lent. Cette lenteur lui a demandé de développer sa vision du jeu et il a compris que le ballon irait toujours plus vite que ses jambes. Il est devenu le plus grand passeur de tous les temps. Je peux t'entraîner à l'imprévu. Mais c'est impossible si tu ne le veux pas. Donc, c'est toi qui décides. Je vais préparer à manger.

J'ai sorti une pizza du congélateur et je l'ai glissée dans le four. J'avais le temps de prendre une douche. J'ai vu ma tête dans le miroir et songé que je devrais quand même me raser. Voilà le type dont Catherine Vandrecken avait pris le bras pour se rendre au théâtre. Ça échappait à toute logique.

Quand je suis ressorti de la salle de bains, Léonard était déjà dans la cuisine et il cherchait les couverts. Ce n'était pas évident pour lui, car depuis son arrivée au pavillon, j'avais toujours mis la table, que ce soit pour le petit-déjeuner ou le dîner. Je n'ai pas voulu intervenir car j'ai pensé qu'il répondait, à sa manière, à la proposition que j'avais énoncée dans sa chambre : travailler sur l'imprévu. J'ai senti à distance qu'il accomplissait un effort prodigieux pour ouvrir les tiroirs sans savoir ce qu'ils contenaient, que ce qui correspondait pour n'importe quel gamin à de la curiosité était pour lui source d'anxiété. Je suis allé me changer pour être plus à l'aise, mais aussi pour éviter que ma présence n'implique une gêne supplémentaire. J'ai enfilé un vieux survêtement, troué en divers endroits, que je me refusais à jeter.

Lorsque je suis revenu dans la cuisine, la table était mise. Léonard avait surmonté le casse-tête qu'avait représenté pour lui le fait de trouver les couverts, les serviettes, les verres et tout ce qui pouvait servir au repas. Mais il avait fait davantage encore. Il avait disposé les assiettes de manière à ce que nous dînions l'un en face de l'autre. J'ai sorti la pizza du four et je l'ai découpée en tranches. C'était un repas minimal, qui nous convenait à tous les deux.

— Si tu veux, après le repas, on peut regarder une séance de pénaltys qui est entrée dans l'histoire du football. C'est celle de la finale de la Copa Libertad, entre le Brésil et l'Argentine, à Maracana en 1967. Il a fallu recommencer trois fois la séance parce que à chaque fois les deux équipes marquaient le même nombre de buts. Dans les tribunes des gens se sont évanouis…

Léonard écoutait. Il avait sa part de pizza entre les mains et il mâchait lentement. Son regard était fixé sur un point imaginaire, à ma droite, mais je m'étais habitué à cette attitude singulière, qui ne me choquait plus.

— La radio diffusait le match en direct, la télévision a interrompu ses programmes pour donner la priorité à l'événement. Les taxis se sont arrêtés. Les gens envahissaient les cafés qui possédaient un téléviseur ou une radio. Les rez-de-chaussée d'immeuble aussi. Toute la ville était en folie…

C'est alors que mon neveu a redressé un peu la tête et que ses yeux se sont portés sur moi.

— Qui a gagné à la fin ?

J'ai marqué un temps d'arrêt tellement j'étais surpris. Son visage restait ce masque énigmatique que je connaissais, mais son regard a rencontré le mien, au moins deux ou trois secondes. Autant dire une éternité.

— Le Brésil, ai-je répondu.

19

Il n'y avait pas d'entraînement collectif, le lendemain. C'était parfait pour ce que je projetais de faire. En milieu de matinée j'ai chargé dans la voiture tous les ballons que j'avais en réserve et j'ai emmené Léonard au terrain pour une séance de pénaltys. Rien que lui et moi. C'était une journée sans vent, sans un nuage. Il faisait froid mais sec. Nous avons foulé l'herbe drue jusqu'à la cage équipée de filets. Léonard a pris possession de sa ligne. J'ai posé un ballon à neuf mètres, sur la marque de chaux, et je suis revenu en arrière pour donner quelques explications à mon neveu.

— Pourquoi le pénalty est un exercice compliqué pour le goal ? Parce qu'il est plus difficile de deviner où le tireur va mettre le ballon que dans le jeu ouvert. Dans le courant du match, le joueur est en général en pleine course quand il tire, il est prisonnier de son élan et il doit prendre une décision rapide, ce qui fait qu'il a plus de difficulté à masquer son intention. Dans le cas du pénalty c'est différent. Le joueur est arrêté. Il peut prendre peu d'élan, partir quand il veut, choisir son angle de tir au dernier moment, et il a les deux côtés du but comme possibilités.

Léonard fixait ses mains en m'écoutant. Il écartait ses doigts au maximum.

— La meilleure façon que tu as de deviner où part le ballon lors d'un pénalty n'est donc pas d'observer le tireur, qui va pouvoir te tromper assez facilement par son attitude, mais de fixer ton attention sur le ballon. On dit au tennis que les bons joueurs voient la balle partir de la raquette de l'adversaire. S'ils attendent qu'elle passe le filet pour savoir où elle va, c'est trop tard. Eh bien c'est la même chose avec le pénalty. Regarde la balle partir du pied. Concentre-toi là-dessus. Dans les trois premiers mètres que parcourt le ballon, tu dois savoir où il va. Après, c'est trop tard. Maintenant, passons à la pratique...

J'ai pris trois pas d'élan. Je me suis assuré que Léonard était prêt. Puis j'ai placé le ballon à droite des cages, du plat du pied. Ce n'était pas un tir puissant et il n'était pas très proche du poteau, cependant Léonard l'a laissé passer sans réagir.

— Si la balle entre dans les buts, ce n'est pas grave. Concentre-toi sur sa trajectoire !

J'ai tiré une deuxième fois. De l'autre côté, dans le petit filet. Le ballon est entré avec la même facilité, mais cette fois Léonard s'est pris la tête entre les mains.

— N'aie pas peur d'être ridicule. Il n'y a que toi et moi...

Pour le troisième tir, Léonard a fléchi les jambes et écarté les bras. Il voulait vraiment essayer quelque chose. Quand j'ai tiré, il s'est avancé vers le ballon et cette fois il l'a effleuré.

Mais quand il l'a vu à l'intérieur des filets, il s'est éloigné de la cage et a commencé à tourner en rond.

— Un très bon goal n'arrête qu'un pénalty sur cinq. Il faut juste continuer. Tu finiras par en stopper un.

Ces mots l'ont fait réagir. Il s'est immobilisé et retourné vers moi.

— Si vous perdiez dix parties aux échecs, je suis sûr que vous arrêteriez. Mais vous avez trouvé la solution. Ne pas jouer.

J'ai encaissé la remarque.

— D'accord. Je vais me mettre aux échecs. Laisse-moi un peu de temps pour apprendre.

— Je vous battrai à plates coutures.

— Ça ne fait rien.

— Vous jouerez quand même si vous perdez toujours ?

— Bien sûr. Jusqu'à ce que je gagne une partie.

— Ça n'arrivera pas.

Il est resté encore un moment planté là, puis il est reparti dans les buts, et la séance de tirs a repris. Il en a fallu quatorze pour qu'il en arrête un. Il s'est couché sur le ballon et l'a serré très longtemps. Ensuite il a recommencé à perdre, mais son corps s'était relâché. Il prenait des initiatives, il osait partir d'un côté ou s'avancer de deux pas pour réduire l'angle de frappe. Il a bloqué un second tir, plus difficile celui-là.

— Il y a quelqu'un qui nous regarde, a-t-il dit.

Je me suis tourné vers les tribunes. La silhouette d'une femme se dessinait à l'extrémité d'un banc. J'ai reconnu cette allure. C'était Catherine Vandrecken.

Nous avons repris l'exercice. Léonard a stoppé un troisième pénalty, un ballon qui partait sous la barre, puis tous les autres sont entrés. Il avait tellement fixé la balle qu'il était épuisé nerveusement. Il titubait presque. Je lui ai fait signe que la séance était terminée et nous avons ramassé les ballons. Sur le bord de la touche, Catherine nous attendait.

— Vous êtes là depuis longtemps ?

— Un moment.

— Vous avez eu de la chance de nous trouver, normalement il n'y avait pas d'entraînement.

— C'est mon jour de repos. Vous m'inviteriez à déjeuner ? Mais pas au restaurant, chez vous, sans façon.

Cette femme avait le don de me cueillir à froid. J'ai cherché un argument pour opérer un repli.

— Je suis désolé, mais mon frigo est vide…

— Oh mais je m'occupe de tout. Vous aimez le vietnamien ?

20

Nous nous sommes arrêtés sur le chemin. En compagnie de Léonard, Catherine Vandrecken a littéralement pillé un traiteur asiatique. Le stationnement était interdit à cet endroit et je suis resté dans la voiture. J'ai eu tout le temps de l'observer tandis qu'elle indiquait ce qu'elle souhaitait acheter. Elle portait un pull à col roulé, un pantalon. C'était une autre personne que le médecin à cet instant. Ils sont remontés tous deux dans la voiture. Ils étaient excités comme s'ils étaient partis sans payer.

Arrivé au pavillon, j'ai réchauffé les barquettes et Léonard a voulu mettre le couvert. Il n'a quasiment pas hésité. À côté d'un pénalty, c'était facile. Catherine s'est assise à table, sans nous attendre, et elle a commencé à piquer dans un plat.

— Je vais être impolie, mais j'ai très faim…

Léonard s'est soudain figé alors qu'il apportait de l'eau dans une carafe.

— Vous avez pris ma place, a-t-il dit très sérieusement.

— Léonard, il n'y a pas de place attribuée.

— Mais si, je le comprends très bien.

Léonard a récupéré sa place et Catherine, après s'être déplacée, a continué de manger.

— Quand j'étais enfant, a-t-elle commenté, j'avais ma place au coin de la table, à la droite de mon père, et pour rien au monde je n'aurai voulu en changer. Quand des amis de mes parents étaient invités, je m'asseyais à table parfois une demi-heure avant le repas pour être certaine que personne ne me prendrait ma place... Encore aujourd'hui, j'en ai une que je préfère à la cantine de l'hôpital, tout au fond, la dernière chaise près de la fenêtre. Si elle n'est pas libre j'en suis contrariée et, suivant mon humeur, je peux aller jusqu'à emporter mon plateau dans mon bureau, plutôt que de m'asseoir ailleurs...

Catherine s'est adressée à Léonard tout en me désignant de la pointe de sa baguette.

— Ce monsieur dit qu'il n'y a pas de place attribuée, mais je suis certaine qu'il a ses habitudes et qu'il n'aime pas en déroger...

Le temps que je sorte les nems du four, mon neveu s'est mis à parler, et rien ne semblait pouvoir l'arrêter.

— Il pose son sac à l'entrée avant de partir à l'entraînement, toujours au même endroit, sous la pendule. Après il fait le tour de la maison, il ferme l'eau et il reprend son sac. Le soir quand il rentre, il enfile un survêtement qui a des trous, toujours le même...

— Léonard, ça n'a aucun intérêt.

— Je ne suis pas d'accord. Continue, Léonard.

— Il a trois brosses à dents, mais il n'en utilise qu'une.

— C'est fini maintenant ?

— Quand il va à sa voiture, il passe toujours devant le capot, jamais derrière.

— Je ne fais pas attention à ça…

— Toujours devant le capot, je l'ai vérifié. Et quand il lace ses chaussures, c'est la gauche en premier. Jamais la droite.

— Tu m'espionnes ?

— Il est très observateur, simplement, et c'est une grande qualité. Vous ne vous asseyez pas ?

Je les ai rejoints. Nous avons tous trois oublié les assiettes, pour manger à même les barquettes. Catherine m'a demandé de lui expliquer ce que signifiait le hors-jeu au football. L'anesthésiste de son service était un supporter du PSG et tous les lundis matin il la prenait à témoin des exploits ou des déconvenues de son club préféré en employant des termes techniques dont elle ignorait la signification. Je me suis servi de nos verres, du sel et du poivre pour positionner les défenseurs et l'attaquant, et j'ai utilisé le bouchon de la bouteille comme ballon. Tandis que je m'appliquais à cette studieuse démonstration, Léonard s'est endormi. Sa tête s'est posée sur son bras, lentement, et il a fermé les yeux. Il était épuisé par cette séance de tirs qui l'avait contraint à s'aventurer hors de son système de pensée.

— Je vais le coucher.

J'ai pris mon neveu dans mes bras et l'ai emporté jusqu'à sa chambre. J'ai été surpris qu'il soit aussi léger. Il avait quoi ? Treize ans. S'il continuait le football, il fallait qu'il prenne un peu de muscle. Je l'ai déposé dans son lit et je l'ai bordé.

Catherine avait quitté la table. Elle avait ouvert la petite porte qui donnait sur la cour, à l'arrière de la cuisine. Elle se tenait contre le mur. Elle fumait.

— Il a déjà changé.

— Vous parlez de Léonard ?

— Oui. C'est flagrant. Par rapport à cette évaluation à l'hôpital. Il prend confiance. Vous avez combien de gosses en charge ?

— C'est variable. Autour d'une vingtaine.

— Ils doivent vous adorer.

— Pas du tout, ils me craignent. Je n'aime pas spécialement les enfants, vous savez.

— Vous ne me ferez pas croire ça. Vous êtes un éducateur.

— J'étais joueur, mais mon genou a lâché. Quand on a poussé un ballon depuis l'adolescence et qu'il faut se recycler, il n'y a pas trente-six solutions.

— Vous auriez pu entraîner des adultes.

— La place ici m'intéressait. Il se trouve que c'était des jeunes.

Elle m'a regardé en soufflant la fumée. Une pointe d'ironie a brillé dans ses yeux.

— On ne vous attrape pas comme ça, hein ?

— Je vous réponds, c'est tout.

— Mes amies vous ont trouvé très bien. Elles sont ensemble, en fait.

— On dirait la mère et la fille.

— La plus jeune était une de mes patientes avant de devenir une amie. Sa mère était maniaco-dépressive. Elle a vécu dans la peur toute son enfance, mais c'est seulement une fois adulte qu'elle a commencé à faire des cauchemars. Aujourd'hui elle va beaucoup mieux. Elle illustre des livres pour enfants. Elle dessine des monstres, mais qui sont fréquentables.

— Vous devez en voir dans votre travail.

— Un peu.

En ce début d'après-midi, le quartier était d'un calme absolu. On n'entendait que les oiseaux dans les jardins. Nous sommes restés un moment sans bouger, dans ce coin de cour, à les écouter. Catherine était toute proche de mon épaule. Je le savais. Il aurait suffi d'un rien pour que nos peaux se touchent.

— Pourquoi avoir choisi un métier aussi...

— Aussi sombre ? Ne croyez pas ça. Il y a également beaucoup de lumière. Et puis j'avais besoin de comprendre. J'ai été, comment dire... effrayée, quand j'étais petite, par le sentiment d'absurdité. Comprendre, c'est mon bouclier.

— Et ça marche ?

— Ça dépend pour quoi. Les boucliers ça protège, mais ça isole aussi. Vous voyez ce que je veux dire ?

— Pas vraiment.

— J'ai un survêtement troué, moi aussi.

— C'est bien la seule chose que nous ayons en commun.

— Vous le pensez ?

— J'ai tendance à dire ce que je pense.

— Vous me voyez comme une bourgeoise intellectuelle qui va au théâtre en sortant de son cabinet.

— Ce n'est pas vrai ?

— Qu'est-ce que je fais dans cette cour alors ?

— Vous vous intéressez à un garçon qui est atteint du syndrome d'Asperger.

— Je m'intéresse aux gens seuls.

— Tout le monde l'est.

— Certaines personnes le cachent moins que les autres. Je me sens plus à l'aise avec celles-là.

— Vous allez vous brûler.

— Pardon ?

— Avec votre cigarette.

21

Quand Léonard est sorti de sa chambre, il était vingt-deux heures passées. Catherine Vandrecken était partie depuis longtemps. J'ai préparé des coquillettes et il a voulu regarder d'autres vidéos de pénaltys, mais je m'y suis opposé. S'il commençait à faire du sport régulièrement, il devait avoir une certaine hygiène de vie, notamment au niveau du sommeil, et cesser de vivre d'une manière décalée. J'ai bien senti qu'il n'était pas vraiment d'accord avec ce discours, cependant, il a fini son assiette et il est retourné au lit. Je n'ai pas tardé à me coucher également, cette journée, comme les précédentes, m'avait éreinté.

En me réveillant le lendemain matin, j'ai pensé à la fuite sous l'évier de la cuisine. À mes tics de comportement. À cette discussion que nous avions eue en déjeunant, Léonard, Catherine et moi. Si je fermais l'arrivée d'eau à chaque fois que je sortais de la maison, c'était à cause de cette foutue fuite. Mais pourquoi n'avais-je pas songé à la réparer ? Parce que je n'étais pas *chez moi*. Qu'aurait pensé Catherine Vandrecken si j'avais donné cette explication à mon comportement ? La connaissant un peu maintenant, j'étais certain que cette réponse aurait entraîné des tas de déductions teintées d'une certaine ironie.

Je me suis préparé un café. Les vitres étaient encore couvertes de givre. Même avec deux heures de soleil, le terrain allait être cassant. Il ne me restait plus que quelques jours pour aligner Léonard dans un « vrai » match, lui laisser le sentiment d'avoir été au bout de quelque chose. Une opportunité se présentait sous la forme d'une rencontre de préparation au championnat cadets, qui devait opposer mon équipe à celle du FC Valenciennes. Mais était-il raisonnable de le jeter dans la fosse aux lions à cette occasion ? Lors d'un entraînement, ses moments de faiblesse étaient gérables. Le groupe était de moins en moins surpris par ses réactions et j'avais toujours la possibilité de siffler une pause, le temps qu'il retrouve ses moyens. En match officiel, ce serait évidemment impossible. Le problème n'était pas son talent. La différence qu'il pouvait faire par son approche du jeu était bien réelle, je ne pouvais pas le nier, et il commençait même à s'ouvrir aux autres, mais il n'en demeurait pas moins que la mécanique sophistiquée de son cerveau pouvait se bloquer à tout instant, au moindre grain de sable. Comment faire pour l'aider encore à progresser ? Il devait exister une méthode, des exercices. Je pouvais en parler avec Catherine, mais en si peu de jours, pour quel résultat ? Il fallait rester simple et concret. Voilà ce que je pensais. C'est alors que mon regard s'est porté sur le meuble dans lequel la vaisselle et les couverts étaient rangés. Je me suis souvenu à quel point il aimait maintenant dresser la table, comme une preuve qu'il maîtrisait la vie au pavillon.

Une idée m'est venue. J'allais lui jouer un tour à ma façon, mais dans son intérêt. J'ai changé de place fourchettes et couteaux, verres, bols, assiettes, toute la vaisselle, afin de modifier les repères de Léonard.

J'ai pris ma douche en sifflotant. Il allait bientôt se lever, et je ne voulais pas manquer sa réaction à cette petite révolution ménagère. Au fond, je n'étais pas fâché non plus, à travers ce tour, de lui renvoyer la balle, après son énumération de mes habitudes en présence de Catherine. J'ai pris le temps de me raser aussi. Tant et si bien que lorsque je suis sorti de la salle de bains, Léonard était déjà dans la cuisine, mieux, il déjeunait. Je me suis approché en faisant l'effort de masquer ma surprise. Il semblait tout à fait tranquille, et il ne manquait rien sur la table. Il avait visiblement tout trouvé, et en un temps record. Et surtout, ce test ne paraissait pas l'avoir perturbé le moins du monde. Je me suis resservi du café et j'ai jeté un œil rapide autour de moi. Les tiroirs étaient en place, les placards ordonnés, aucune trace d'une recherche fébrile. Je suis revenu à table et me suis assis en face de Léonard. Il dégustait ses céréales avec appétit. Il avait le regard porté sur son assiette. Mais au bout d'un petit moment, il s'est fendu d'un commentaire.

— Je connais un exercice dans le même genre, aux échecs. On demande au joueur de se retourner, on modifie toutes les positions. Il doit les retrouver de mémoire et reprendre la partie.

— Pourtant quand le docteur Vandrecken a pris ta place à table, ça t'a dérangé.

— Ce n'est pas du tout pareil. Ce n'était pas un jeu.

Je n'ai pas su quoi répondre. Il a commencé à racler le fond de son bol, comme à son habitude. De la pointe de la cuillère, il traquait la moindre miette.

— C'est vraiment un bon test, a-t-il ajouté. Mais je pense qu'il faudrait y ajouter une chose.

— Et quoi donc ?

— Un tiroir vide.

— Pourquoi ?

— C'est le plus difficile pour moi, un tiroir vide. Je ne sais pas ce que je dois en faire, le laisser comme ça, le remplir, mais alors avec quoi ? À chaque fois que ma mère déménage, c'est ce qui me fait le plus peur. Tous ces vides à remplir.

22

Pour une fois, les garçons étaient tous là. Les parents avaient dû les jeter dehors à force de les retrouver écroulés sur le canapé, scotchés à un jeu vidéo ou bien en train d'épuiser leur forfait de téléphone. Je les ai réunis au centre du terrain en constatant que Léonard était déjà loin. En sortant du vestiaire, il était resté en retrait du groupe, comme toujours, et tandis que les garçons s'arrêtaient dans le rond central, il avait continué vers sa cage, de sa démarche un peu étrange, comme une planète qui n'aurait pas appartenu au même système solaire.

— On va faire deux petites mi-temps de vingt minutes. Avec de l'intensité, du rythme. Ne cherchez pas le coup dur. Pensez au match contre Valenciennes. Pas de tacles appuyés, d'accord ?

— D'accord, m'sieur ! ont-ils dit tous en chœur.

J'ai formé deux groupes, en prenant soin de séparer Cosmin et Léonard. J'avais une idée derrière la tête, et juste avant le coup d'envoi, pendant que les garçons s'échauffaient, j'ai pris à part celui que je considérais comme le meilleur de mes joueurs de champ, le seul capable de saisir une directive un peu subtile, Cosmin.

— Je voudrais que tu abordes cet entraînement dans un état d'esprit différent de d'habitude, lui ai-je dit.

— Comme vous voulez, m'sieur.

— Je te demande toujours de respecter les schémas de jeu. Tu sais pourquoi ?

— Bien sûr. Si on n'est pas en place et qu'on ne prépare pas l'action, on n'arrive à rien.

— Sauf qu'à force de répéter les mêmes schémas, l'adversaire s'en souvient et s'y oppose plus facilement.

— Ça, c'est vrai aussi, m'sieur.

— Alors ce que je te demande aujourd'hui, c'est de travailler le dépassement de fonction.

— C'est-à-dire, m'sieur.

Il a froncé les sourcils. Il savait très bien de quoi je lui parlais. Mais il était prudent de nature. Il voulait être certain de bien comprendre à quel point je lui donnais carte blanche.

— C'est-à-dire d'être capable de partir tout seul au but, alors que tout le monde s'attend à ce que tu cherches ton avant-centre, ou que tu passes par les ailes...

— Une action perso, m'sieur. Je croyais que vous aviez horreur de ça...

— Eh bien là, je voudrais en voir...

— D'accord. Vous allez pas me tuer après, m'sieur, parole ?

— Parole.

J'ai rejoint la ligne de touche. Je les ai entendus qui s'envoyaient des blagues d'un camp à l'autre. Ils étaient excités par ce froid sec qui donnait envie de se bouger. Pour un peu, j'aurais joué avec eux. Mais je voulais garder du recul. Surtout aujourd'hui où j'avais cette décision à prendre.

L'équipe de Léonard a mis la pression sur le but adverse, qui s'est retrouvé en état de siège pendant bien dix minutes. Ça n'arrêtait pas, entre un mauvais renvoi, un corner, le jeu ne dépassait pas le rond central et y revenait constamment, sans que Léonard ait la moindre situation à affronter. Et puis Marfaing a contré Bensaid, qui s'était un peu isolé, et Cosmin a récupéré le ballon.

C'était le moment que j'attendais. J'ai regardé où était Léonard, dans ses cages. Il semblait s'être désintéressé du match. Il marchait sur sa ligne, comme sur un fil, en regardant ses pieds. J'ai eu envie de crier, pour l'alerter, mais je me suis repris. C'était beaucoup plus intéressant comme ça. Pour le camp de Cosmin, c'était la contre-attaque idéale. À force de presser sur le but, l'équipe adverse s'était dégarnie en défense et il ne restait qu'à finir le travail. Cosmin n'avait plus devant lui qu'un dernier défenseur, Costes, qui tentait de paraître plus grand que sa taille en écartant les bras. Je me suis demandé, à cet instant, si Cosmin allait appliquer mes consignes, ou bien si, conditionné par les entraînements précédents, il allait jouer la prudence. En pleine course, il a ralenti et vu Rouverand qui levait le bras. Bien sûr c'était le choix à faire. Son avant-centre était absolument seul, démarqué, comme on le montre au tableau noir dans les vestiaires, et ç'aurait été une erreur, une faute même, de ne pas lui donner le ballon.

Cosmin n'était plus qu'à trente mètres du but. Il a préparé son geste et Rouverand ouvrait déjà le pied intérieur pour récupérer son offrande. Mais non. Cosmin a continué vers le but, alors que Costes s'était déjà décalé en tentant de couper la trajectoire de cette passe imaginaire vers Rouverand, et il est entré dans la surface pour enchaîner par un tir croisé d'une pureté parfaite. Pour une action personnelle, c'en était une, une improvisation de toute beauté. Cependant, sous mes yeux grands ouverts, et ceux des garçons sur la pelouse, la suite a appartenu à Léonard, et uniquement à lui. Alors que l'affaire semblait pliée, il s'est couché de tout son long et a dévié le ballon du bout des doigts.

D'où était-il parti pour accomplir un tel arrêt ? Comment avait-il deviné le bon côté ? La percée, les feintes, l'action finale de Cosmin, tout avait été trop fulgurant, trop parfaitement exécuté, pour que le ballon ne finisse pas au fond des filets. À moins de rencontrer dans sa course un gardien d'exception.

Cosmin est revenu vers les siens sans un geste de mauvaise humeur, incrédule plutôt, et la partie a repris, mais j'ai lu sur les visages que, d'une certaine manière, elle était terminée. Si on ne pouvait battre Léonard sur une telle action, aucune autre n'avait de chance de succès, et les siens, inévitablement, finiraient par marquer. Et c'est ce qui s'est passé. Hervalet a marqué contre son camp, comme un signe de découragement. Que pouvait-on faire contre un Martien ?

23

J'ai accompagné les garçons au vestiaire. Je le faisais rarement. Je considérais, après l'entraînement, qu'ils m'avaient assez vu. Mais j'avais un mauvais pressentiment. Il allait se passer quelque chose. Cette journée était trop parfaite. Quelque chose allait tout compliquer. La vie n'était pas juste ce moment de grâce où mon neveu s'était couché sur ce ballon.

Certains étaient déjà sous la douche, d'autres encore en train de récupérer sur le banc, mais l'ambiance était étrangement silencieuse par rapport à d'habitude. Même Marfaing n'a pas lancé ses horribles blagues. C'est alors que Rouverand a apostrophé Léonard. Il a parlé comme s'il représentait tout le groupe et, d'une certaine façon, c'était vrai. Il a posé une question et j'ai senti une bouffée de chaleur monter en moi.

— Compliment Léo pour ton arrêt. Mais dis-moi un truc. T'es parti au bluff ou tu savais qu'il allait la mettre là ?

C'était maintenant que les choses allaient mal tourner, bien sûr. Changer les fourchettes de tiroir, regarder des vidéos dans un canapé, ce n'était qu'un jeu, comme Léonard lui-même l'avait dit. Tout le contraire d'un vestiaire sportif rempli de garçons de quatorze ans travaillés par leurs hormones.

— Cosmin le sait, lui, il était aux premières loges, mec !

C'était Marfaing qui venait de parler, et d'autres ont poussé dans le même sens. C'était comme si tout ce qui avait été retenu jusque-là explosait. Ils se sont tous mis à parler en même temps, jusqu'à ce que Costes intervienne.

— Eh, les mecs, on l'écoute !

— Désolé, les gars, mais je peux pas répondre. J'ai tout mis dans mon croisé, c'est tout ce que je peux dire. C'est Léo qui sait...

Voilà, on y était. Ils allaient tous se tourner vers lui à présent, et le piège allait se refermer. Il leur ferait un de ces cours magistraux dont il avait le secret. Ils le détesteraient. Et tout serait à refaire.

— Je suis parti au bluff.

— Hein ?

— Au bluff. Je vous ai répondu.

Il y a eu un moment de silence absolu. Le visage de Léonard était comme toujours impénétrable, et tous se sont demandé un instant s'il ne leur jouait pas un tour. Puis un premier éclat de rire a fusé, et un autre.

— Sacré Léo, si en plus t'es chatté...

— Je ne suis pas d'accord, a dit Bensaid. C'est la chance du champion...

— Il a raison !

— En tout cas c'était du grand art, mec. Fais-nous le même contre Valenciennes. C'est tout ce qu'on te demande !

J'ai attendu Léonard dans la voiture. Le vestiaire avait pris sa décision, mais je différais encore la mienne. Mon neveu m'a rejoint et sitôt qu'il a refermé la portière, je lui ai posé la question qui me travaillait.

— Ce que tu as répondu à Kevin, c'est la vérité ?

— Non.

— Tu as menti, toi ?

— Oui.

— Je croyais que ça ne t'arrivait jamais.

— Cette fois j'ai dû le faire.

— Pour quelle raison ?

Léonard a grimacé légèrement, puis il a commencé à se balancer doucement sur son siège. Il avait dû faire un effort considérable pour vaincre une barrière invisible en lui-même.

— Je me suis souvenu de la fois où ça s'était mal passé avec lui.

J'ai glissé la clef dans le contact et j'ai mis le moteur en marche. Je n'ai pu m'empêcher de sourire. Il avait fabriqué une nouvelle boîte.

— Comment tu as fait pour savoir, avec Cosmin ?

— 1974. Ajax d'Amsterdam contre le Bayern Munich. Johan Cruyff perce dans l'axe, avec deux joueurs en soutien. Il feinte à gauche puis à droite et garde le ballon. La dernière feinte à droite fait qu'il croise son tir à gauche. C'est le geste le plus fréquent.

— Fréquent ?

— Je n'ai pas d'exemple d'un tir du côté droit quand la dernière feinte est à droite.

— Qu'est-ce que tu aurais pensé… s'il avait tiré à droite et qu'il t'avait battu ?

— J'aurais ajouté cette possibilité aux autres. Mais il ne l'a pas fait.

S'il était capable de mentir maintenant, il pouvait quasiment vivre en société, donc participer à un match officiel. À la sortie du parking, j'ai pris à droite, contrairement à d'habitude.

— On ne rentre pas à la maison ?

— Non. Nous avons une course à faire.

J'ai rejoint l'avenue qui conduisait dans le centre-ville et je me suis garé près des rues piétonnes. Léonard ne m'a pas demandé où nous allions, comme s'il savait déjà que je n'allais pas lui répondre. Nous avons traversé la place de l'Horloge et pris la première rue à droite. C'était là. Le dernier magasin de sport, en ville, qui n'appartenait pas à une chaîne. Gossin et fils. Le seul endroit qui vendait encore des chaussures cousues main.

— Qu'est-ce qu'on fait là ? a dit Léonard devant la vitrine.

— On s'équipe.

Je suis entré dans le magasin, Léonard dans mon sillage. Je lui ai désigné le banc où les clients s'asseyaient. Un homme chauve et trapu d'une quarantaine d'années est sorti de l'arrière-boutique. C'était le fils Gossin. Il avait la tête d'un bouledogue, mais, quand il m'a reconnu, il s'est éclairé d'un bon sourire et m'a écrasé la main. Raymond avait été international junior, avant de devoir reprendre l'affaire familiale, à la suite du décès prématuré de son père. Il venait toujours au stade, les jours de match, et sans vraiment se parler, on s'était tout de suite apprécié.

— Qu'est-ce que je peux faire pour toi, Vincent ?

— Ce jeune homme a besoin d'une paire de Zifreli. Et de gants. Tu as toujours tes Buffon ?

— Je n'ai pas trop l'occasion d'en vendre, tu sais. Les stradivarius à Sedan, tu vois ce que je veux dire... Mais je vais voir ça.

Le visage de Léonard était hermétique, comme toujours. Il attendait, immobile, sur le banc, tout en regardant les posters des légendes du ballon rond qui tapissaient les murs. Raymond est revenu, les bras chargés de cartons, mais la première paire de chaussures était la bonne. Les Zifreli étaient de vrais chaussons, tout en assurant une stabilité exemplaire. Et finalement il restait encore des Buffon, Léonard les a passés et ses mains ont cessé de s'agiter comme par enchantement. Nous sommes sortis du magasin sans nous dire un mot. C'était l'heure où les gens faisaient leurs courses et les rues étaient envahies d'une population pressée et bruyante. Aucun de nous deux n'avait envie de marcher vite. Un peu avant d'arriver à la voiture, Léonard a fini par rompre le silence.

— Les chaussures que j'avais me suffisaient, vous savez.

— Pour l'entraînement, passe encore. Mais pour un match officiel, un bon équipement fait la différence.

Il a marqué un temps, comme s'il n'était pas certain d'avoir bien compris.

— Je vais jouer un match officiel ?

— Oui. Dimanche prochain.

Nous sommes remontés dans la voiture. Léonard a gardé les boîtes sur ses genoux.

— Merci, a-t-il dit.

— Ce n'est pas un cadeau, c'est un prêt. Tu me le rembourseras avec ton premier contrat.

— Vous pensez vraiment que je peux devenir un bon goal…

— Tu l'es déjà.

— Est-ce que ça annule votre promesse ?

— Quelle promesse ?

— Vous deviez apprendre à jouer aux échecs. Vous vous souvenez ?

— Ça n'annule rien du tout.

La circulation était dense et nous avons mis un bon quart d'heure à nous extraire de la ville pour atteindre le quartier décentré où se trouvait le pavillon. Je me suis engagé dans la rue. Il y avait une camionnette devant moi qui roulait au ralenti et, quand elle s'est effacée, je l'ai vue, Madeleine. Elle fouillait dans le coffre d'une voiture de couleur très voyante, qu'elle avait garée en travers devant le portail. Elle semblait très agitée. C'était elle, en réalité, mon mauvais pressentiment. Il s'était juste déplacé.

24

Elle avait une nouvelle coiffure, avec une frange. Elle m'a paru encore plus tourmentée qu'à sa première visite, mais, comme si elle avait lu dans mes pensées, elle s'est efforcée de composer un grand sourire qui voulait dire qu'elle était en pleine forme.

Léonard attendait sur le trottoir, un peu en arrière, et quand Madeleine s'est précipitée pour l'entourer de ses bras, il est resté inerte, le regard ailleurs. Ma sœur l'a pressé contre elle, embrassé plusieurs fois, puis, sentant qu'il ne savait que faire de ce débordement d'affection, elle l'a libéré de son étreinte pour se retourner vers moi.

— Tu vois, j'ai tenu ma parole, je suis même en avance !

— Ton stage était plus court que prévu ?

— Non. Je l'ai quitté, et je ne suis pas la seule. C'était une arnaque en fait.

— Je croyais que les profs étaient formidables…

— Au début, mais après, tout est parti de travers. Je te jure c'était n'importe quoi, et puis de toute façon c'est une course contre la montre pour ouvrir le bar avant Noël…

— Le bar ?

— Le bar de Patrice, à Reims. Tu n'as pas idée de ce que ça représente, surtout que Patrice m'a tout délégué, lui il s'occupe de faire entrer l'argent, tu comprends, et de trouver des parrains, sans parrains ce n'est même pas la peine d'ouvrir, la clientèle, c'est le bouche à oreille, les notables, les locomotives locales, c'est comme ça que ça marche !

C'était un vrai Niagara verbal. Pas moyen de l'arrêter. Elle a commencé à m'expliquer qu'elle devait surveiller les travaux, batailler avec les fournisseurs au téléphone, régler mille détails par jour. À l'entendre, c'était du vingt-quatre heures sur vingt-quatre.

— Et au milieu de tout ça tu vas faire quoi de Léonard ?

— Je t'avoue que je me suis posé la question. J'ai même pensé te demander un peu de rallonge… Et puis Patrice a pris les choses en main, il est comme ça, tu sais, c'est un homme d'action.

Le dénommé Patrice était décidément un homme providentiel. Il avait obtenu un rendez-vous dans le meilleur collège de la région, et apparemment, il était possible d'intégrer Léonard en pleine année scolaire, sauf que le seul jour où le directeur de cet établissement recherché consentait à les recevoir, c'était demain. Madeleine a repris sa respiration. Elle m'a observé un instant. Malgré l'effort que je faisais pour masquer mon irritation, celle-ci devait transparaître.

— Tu n'as pas l'air content de me voir ? C'est parce que je suis arrivée à l'improviste ? Je sais que tu détestes ça, mais c'est pour la bonne cause, je te libère !

Il y avait un autre détail qui avait changé au niveau de son allure. Elle portait des hauts talons.

— Je vais à l'intérieur, d'accord.

Je suis entré dans le pavillon et j'ai vu passer devant moi Léonard, qui est allé directement à sa chambre. Je me suis souvenu des paroles de Catherine Vandrecken lors de notre premier entretien. Les enfants Asperger n'avaient pas le même rapport à l'affection, au lien. Ils avaient juste besoin de sécurité, de routine, mais ce n'était pas lié à une personne en particulier. Il pourrait trouver tout cela à Reims, et sur le long terme. Qu'est-ce que j'avais à lui donner, sinon du provisoire ? Voilà ce que je devais penser. Le reste n'était que sentimentalité mal placée.

Ma sœur est entrée dans la maison à son tour et elle a foncé droit vers la cuisine. Elle avait trouvé ce qu'elle cherchait dans le coffre de la voiture. C'était un flacon en verre qui contenait un liquide de couleur verdâtre.

— Tu m'excuses, mais je vais manger ma soupe. Je ne mange que ça, mais j'ai de ces fringales…

— Tu fais un régime ?

— Tu as remarqué comme les pauvres sont gros ? Les pauvres ne commandent pas du champagne dans les bars à la mode, la ligne dans mon nouveau travail, c'est hyper-important. Tu as vu ma frange ?

— Ça te change.

— En plus jeune. C'est Patrice, ça. Il dit toujours, la réussite, c'est dans les détails…

Elle a réchauffé sa soupe au micro-ondes et l'a versée dans un bol. Elle s'est assise à table pour la boire, mais c'était trop chaud. Ses hauts talons lui faisaient mal. Elle s'est déchaussée sous la table. Elle a commencé à souffler à la surface du liquide.

— À part ça, rien à signaler avec Léonard ?

— C'est-à-dire ?

— Je sais pas moi, un souci que tu aurais eu avec lui.

— Non.

— T'as réussi à le mettre au sport, alors, vraiment ?

— Oui.

Je ne voulais à aucun prix d'un débat, encore moins d'une dispute. Rien qui puisse donner le sentiment que j'étais malheureux à cause de ce départ.

— Et il se débrouille ?

— Plutôt bien.

— Tu sais, je suis très touchée de ton aide...

— Je n'ai pas eu trop le choix.

— Je sais ce que ça t'a coûté...

— N'exagérons rien.

— D'ailleurs il faudra que tu me dises ce que tu as dépensé pour Léonard. On te le remboursera avec le reste.

— Le reste ?

— Le prêt.

J'ai regardé ma sœur. Elle a posé le bol. Elle a réalisé que nous n'étions pas sur la même longueur d'ondes. Elle est devenue très pâle.

— Tu as oublié...

— Non. Mais je t'ai dit que nous en parlerions de vive voix.

— Tu ne peux pas, en fait.

— Je n'ai pas dit ça...

Elle s'est lancée dans un argumentaire qui incluait les mirifiques perspectives du bar, la capacité de Patrice à multiplier les billets, comme Jésus les petits pains, et m'a même proposé un échéancier assorti d'un taux d'intérêt à huit pour cent. Je lui ai fait un chèque pour qu'elle arrête d'en parler. Je voulais qu'ils partent vite maintenant.

Léonard est sorti de sa chambre. Il avait mis ses affaires dans un sac en plastique et tenait son coffret pour les échecs sous le bras. Il était prêt. Je les ai raccompagnés à la voiture. Léonard s'est assis à la place du passager. Ma sœur a mis le contact. C'était un pseudo-coupé sport, qui compensait son manque de puissance par le bruit. J'ai essayé d'imaginer à quoi ressemblait Patrice. Il y avait quelque chose qui ne collait pas entre l'ami des notables et les jantes chromées de cette voiture. Je suis resté sur le trottoir à les regarder s'éloigner. L'aileron arrière battait.

Je suis rentré et j'ai fermé ma porte à clef. J'ai tenté de me faire un café mais il n'y avait plus de cartouches. Dans la chambre de Léonard, les deux boîtes provenant de chez Gossin et fils étaient posées sur la commode. Mon neveu n'avait emporté ni les chaussures ni les gants. Je me suis assis au bord du lit, comme il le faisait souvent, pour regarder par la fenêtre, rien en particulier. J'avais eu raison de ne pas changer le papier peint. Tout passait. On ne pouvait jamais rien construire.

25

J'ai retrouvé ma vie d'avant Léonard. Je suis parti après neuf heures à l'entraînement sans personne pour me mettre la pression au pied de la pendule. Je ne m'étais jamais rendu compte à quel point le pavillon était silencieux, hormis la fuite sous l'évier qu'on entendait de plus en plus distinctement. Par mesure de sécurité j'ai remplacé la cuvette par un seau.

J'ai reçu un appel de Catherine Vandrecken. J'ai vu son nom s'afficher et je n'ai pas décroché. J'ai écouté la messagerie. Elle me demandait des nouvelles de Léonard et proposait qu'on se voie ce week-end. J'étais content d'entendre sa voix, mais je ne l'ai pas rappelée. Je ne pouvais pas. Je ne voyais pas ce qu'on pouvait se dire, et encore moins faire ensemble, maintenant. Elle a laissé un autre message le lendemain, très court, en me demandant simplement de la rappeler, puis plus rien.

Le jour du match contre le FC Valenciennes est arrivé. Dans le vestiaire, les garçons étaient très nerveux, comme s'ils pressentaient la catastrophe. J'avais dit à Favelic de reprendre son ancienne place, dans les buts, mais personne n'était rassuré par cette décision, et lui encore moins. Aucun des joueurs n'a prononcé le nom de Léonard, pendant qu'ils enfilaient leur maillot, mais tout le monde y pensait. Le Martien, comme l'avait surnommé Catherine, allait leur manquer.

Le match a été une vraie catastrophe. Tout s'est enchaîné pour qu'il tourne à l'humiliation. D'abord les Valenciennois étaient plutôt bons, organisés et réalistes. Tandis que, de notre côté, l'équipe ressemblait à un édifice qui s'était écroulé de l'intérieur. La façade a résisté dix minutes, puis tout s'est effondré. Favelic communiquait sa fébrilité à sa défense, le milieu de terrain devait jouer très bas pour compenser, et du coup les attaquants n'avaient pas assez de munitions. Autant dire que la défaite était programmée. J'ai bien essayé de les secouer à la mi-temps, mais je n'y croyais pas moi-même et ils l'ont senti. Ils ont pris quatre buts et, franchement, il y avait encore de la place pour deux autres. Le coup de sifflet final de l'arbitre a été un soulagement.

Sur le parking, la mine des supporters et des quelques membres du club qui avaient bravé le froid pour venir assister à cette bouillie de football était sans équivoque. Ils étaient inquiets. C'était un match de préparation bien sûr, qui ne comptait pas pour le championnat, mais celui-ci commençait dans moins de trois semaines et il était évident que l'équipe n'allait pas se transfigurer en si peu de temps. J'ai vu venir vers moi le vice-président du club, Armand Vauquier, qui s'était déplacé avec sa femme. La pauvre claquait du talon pour se réchauffer et avait hâte de repartir.

— Dites donc, Barteau, ce n'est pas brillant, m'a-t-il lancé. J'espère que ça ira mieux pour le match qui compte !

J'aurais pu le rassurer. C'était tout ce dont il avait envie.

— Ne vous attendez pas à un miracle.

— C'est à ce point-là ?

— Vous croyez quoi ? Ce sont juste des joueurs normaux.

— Qu'est-ce que vous entendez par là ?

— Qu'ils n'ont rien qui fait la différence.

Il m'a regardé d'un air intrigué. Est-ce que c'était une critique de l'organisation du club, de sa capacité à attirer les jeunes talents, ou bien juste le propos à chaud d'un entraîneur un peu déprimé ? Il a hésité à me sonder davantage. Qui sait où ça pouvait le mener. Sa femme lui faisait signe à distance. Il lui avait sûrement promis de l'amener à la brasserie de l'Horloge, qui servait une excellente choucroute. Il a battu en retraite.

J'ai vu mes joueurs dans le vestiaire, mais je leur ai épargné la causerie d'après match. Je voyais très bien ce qu'il fallait leur dire. Les grandes équipes ne dépendaient pas d'un joueur. Personne ne devait se cacher derrière la perte de Léonard et nous n'avions qu'une chose à faire, remettre le bleu de chauffe et travailler deux fois plus. Sauf que je ne croyais pas à ce discours. Et eux non plus.

De retour au pavillon, j'ai senti une odeur particulière. L'eau s'était répandue sur le carrelage de la cuisine et elle commençait à croupir. La fuite augmentait visiblement et un simple seau ne suffisait plus à la contenir. J'ai fermé l'eau au niveau du compteur, puis je me suis muni d'une serpillière, d'un balai, et je me suis efforcé de refouler la nappe vers la petite cour. Il fallait que je fasse quelque chose pour cette fuite, je le savais. Je voulais juste un répit. C'est alors que la sonnerie de l'entrée a retenti. J'étais pieds nus pour mieux patauger. J'avais le balai à la main. J'ai ouvert. C'était Catherine Vandrecken.

— Je n'arrivais pas à vous joindre. Je me suis demandé si vous n'aviez pas un souci…

Elle ne semblait faire attention ni à ma tenue ni à ma visible occupation.

— Non. Tout va bien.

— Et Léonard ?

— Il est parti.

Je pouvais mentir à ma sœur sans problème, elle était si habituée à le faire elle-même qu'elle avait perdu la notion de frontière entre le vrai et le faux. Je pouvais me mentir à moi-même jusqu'à un certain point. Mais j'ai compris à la manière dont me regardait Catherine que ce serait très difficile de lui mentir à elle. Raison de plus pour la tenir à distance.

— Vous ne me proposez pas d'entrer ?

— Non. Je suis en plein ménage, vous voyez.

— Je voulais vous inviter au théâtre.

— Ne faites pas ça.

— Pourquoi ?

— Vous perdez votre temps.

— Je n'ai pas eu cette impression jusqu'ici.

— Il y avait Léonard.

— Vous pensez qu'il était ma seule raison de vous voir ?

— Quoi d'autre ?

— Vous êtes en colère.

— Mes garçons ont perdu cet après-midi.

— Il vaut mieux que je revienne un autre jour, alors ?

— Si vous voulez, mais ils sont partis pour perdre souvent.

Elle a compris qu'elle avait un mur en face d'elle, que plus elle allait essayer de le briser, plus j'allais ajouter de ciment et de briques entre nous.

— Eh bien, à plus tard.

— C'est ça.

— Vous avez mon téléphone.

J'ai refermé la porte en prenant bien soin d'éviter le regard de Catherine. Je suis resté planté dans le couloir un moment, avec cette vision d'elle qui s'éloignait dans la nuit, puis j'ai rejoint la cuisine. Je me suis fixé des objectifs simples. Me faire à manger, ne pas me coucher trop tard. J'ai ouvert le frigo et cherché ce qui pouvait se préparer rapidement, jusqu'à ce que je me rende compte que j'en étais incapable. L'idée même de m'installer devant mon assiette, seul, sous la lumière crue de la cuisine, me révulsait.

26

Le seul endroit en ville où un célibataire pouvait manger tranquille était la brasserie de la gare. À mon arrivée à Sedan, j'en avais fait ma cantine, puis, quand les habitués du lieu m'étaient devenus un peu trop familiers, j'avais préféré rester chez moi, quitte à me faire livrer une pizza.

Ils avaient modifié la décoration pour attirer la clientèle des jeunes, mais apparemment ça n'avait pas marché. Il y avait toujours les deux ou trois mêmes piliers de bar, les amateurs de jeux de hasard, et cette vieille femme qui parlait toute seule, ne buvait que du blanc sec et fouillait son sac en permanence. Je suis allé directement au fond et me suis installé dans un coin banquette. Le patron avait disposé des baffles de façon à ce que la musique se répande dans les moindres recoins de la salle et les avait reliées à une radio pour adolescents. On aurait dit une boîte de nuit attendant le client. Il y avait aussi un téléviseur perché en hauteur dont le son était coupé. On pouvait voir défiler les images d'une chaîne d'information permanente. L'actualité brutale de la planète, entrecoupée de publicités pour les assurances.

Le serveur était toujours le même. Un petit homme sec aux cheveux rares. Il a hoché du menton en me voyant et m'a parlé comme si j'étais venu la veille. Il a fait allusion au match en passant un coup d'éponge sur ma table.

— On a perdu alors, ça commence mal. Le plat du jour, c'est du pot-au-feu.

— Ça me va.

— Et comme boisson, une pression ?

— Oui.

Il me fallait bien un pot-au-feu. Un plat de grand-mère, moi qui n'en avais jamais connu. Du côté de mon père, c'était comme si les aïeux, il n'y en avait pas, mais j'avais fini par comprendre, en surprenant une conversation entre mes parents, qu'il y avait un lourd contentieux entre mon père et son géniteur, dont la teneur devait demeurer secrète. Du côté de ma mère, c'était différent, mais pour un même résultat, elle nous parlait de sa propre mère avec de l'émotion dans la voix et nous promettait toujours d'aller lui rendre visite, en Vendée, sauf que l'occasion ne s'était jamais présentée et que la vieille femme était morte, restant pour nous une photo sur le buffet du salon. Cet isolement familial m'avait intrigué, surtout à l'époque du collège. Je voyais bien que mes copains partaient en vacances chez leurs grands-parents, s'amusaient avec leurs cousins, découvraient d'autres horizons, toutes ces choses qui n'existaient pas pour nous. Pourquoi étions-nous ainsi isolés ? Pourquoi mes parents n'avaient aucun ami ? Et puis un jour, j'avais compris. De nouveaux voisins s'étaient installés dans le pavillon mitoyen et, tout naturellement, ils nous avaient invités à un apéritif pour faire connaissance. Nous nous étions préparés avec une certaine excitation, ma sœur et moi, sachant qu'ils avaient des enfants, de possibles copains, mais, soudain, les cris avaient envahi la maison et nous avions compris, avant même d'en être avertis, que cet apéritif n'aurait jamais lieu. Ma mère avait brûlé la chemise de mon père en voulant la repasser, la discussion entre eux s'était envenimée et, dans sa rage, mon père s'était cassé le pied en shootant dans une chaise du salon de toutes ses forces. Comment aurions-nous pu ouvrir notre porte à des voisins, à plus forte raison à des cousins, alors qu'à tout instant la violence pouvait éclater dans la maison ? J'avais vu, de la fenêtre de ma chambre, ma mère se rendre au pavillon d'à côté pour nous excuser, et nous avions été priés de répondre, si on nous posait des questions dans le quartier au sujet des béquilles de mon père, qu'il avait chuté dans l'escalier.

Le serveur est revenu avec ma bière et il est resté pour engager la conversation. J'avais oublié qu'il avait coutume de le faire. Il a commencé à me raconter dans le détail son divorce et les horreurs que manigançait son ex-femme pour lui prendre le peu de biens qu'il possédait.

C'est à ce moment-là que j'ai vu entrer dans la brasserie la blonde de la comptabilité. Elle était accompagnée de deux hommes, et j'ai entendu son rire aigu, tandis qu'ils s'installaient au bar.

— Quinze kilomètres c'est pas mal, non ?

Le serveur me posait une question, mais j'avais perdu le fil. De quoi parlait-il déjà ? Heureusement il n'a pas attendu ma réponse et s'est lancé dans un plaidoyer en faveur de la course à pied. À l'entendre, cette discipline lui avait sauvé la vie après sa séparation et il avait désormais un objectif, participer au marathon de New York. Il en parlait avec des étoiles dans les yeux. Je commençais à me sentir oppressé quand la cuisine l'a appelé pour mon plat, et il a traversé l'Atlantique en sens inverse pour redevenir, momentanément, serveur à Sedan.

Je me croyais sauvé, mais ça n'a pas duré longtemps. La fille de la comptabilité était maintenant seule, au bar. Les types avec qui elle était entrée avaient disparu comme par enchantement, et elle regardait dans ma direction avec insistance. Comment s'appelait-elle déjà ? Béatrice. Nos regards se sont croisés et elle m'a fait un petit signe, auquel il a bien fallu répondre. Elle est venue droit vers moi, et comme si ça ne suffisait pas, le serveur, en apportant mon plat, s'en est mêlé.

— Je rajoute un couvert ? a-t-il dit d'un air entendu.

Qu'est-ce qui m'avait pris de vouloir sortir de chez moi.

Béatrice portait un chemisier ouvert exagérément et une jupe très courte, mais ce n'était rien à côté de son maquillage. Sa volonté de séduction avait quelque chose de douloureux. Elle a commandé la même chose que moi et elle s'est mise à dévorer et à parler. Elle ne pouvait pas s'arrêter, comme si le silence l'effrayait. Le club, la ville, les transports, la météo, elle avait quelque chose à dire sur tout. Et puis elle a évoqué ces deux hommes avec qui elle était arrivée à la brasserie et a tenu à préciser que leurs avances ne l'intéressaient pas.

Nous avons évité le dessert, atteint le café, et j'ai cru que j'avais fait le plus dur, mais c'est alors qu'elle m'a demandé si je pouvais la ramener chez elle, car le quartier où elle habitait était mal fréquenté. Certains soirs, rien ne tourne en votre faveur. C'est ainsi que la dénommée Béatrice s'est retrouvée dans ma voiture, où elle a continué de parler, encore et encore, la respiration haletante. Elle habitait dans une petite cité, à la limite de la ville, qui semblait plutôt tranquille, mais c'était vrai qu'à cette heure il n'y avait pas un chat, et pas beaucoup plus de lumière. Je l'ai accompagnée jusqu'à l'entrée de son bloc. J'ai pensé à Meunier, un bref instant. À sa réflexion, « T'es un drôle de mec ».

Elle s'apprêtait à taper son code quand elle s'est retournée vers moi. Malgré son maquillage, sa panoplie de séductrice, cette montagne de paroles qu'elle avait dressée entre nous, à cet instant, l'expression de son visage m'a ému. Elle avait l'air tellement perdue. Pourquoi est-ce que je ne pouvais pas simplement passer un bon moment avec elle ? Lui faire du bien et à moi aussi ? Parce que Catherine Vandrecken était venue frapper à ma porte ? Mais Catherine c'était une idée, une utopie, comme Mila, des années plus tôt. La réalité, c'était des Béatrice, des matchs contre Valenciennes, des Léonard qui repartaient comme ils étaient venus, des problèmes de plomberie. Il était temps que je m'en rende compte. Il n'y avait pas de magie, ou alors elle était provisoire, et croire à cette illusion était dangereux. Parce qu'à un moment le spectacle se terminait, les lumières se rallumaient et on se sentait comme un idiot. Et voilà pourquoi je me suis retrouvé dans l'appartement de Béatrice. Comme si je voulais agrandir la distance entre les émotions que j'avais vécues, ces derniers jours, et ma vie possible.

C'était un endroit minuscule et d'autant plus angoissant qu'elle avait peint les murs en rouge vif. Je me suis assis sur le canapé en skaï noir, qui devait se déplier pour devenir son lit, et elle m'a proposé un verre de whisky, puis elle s'est éclipsée dans la salle de bains.

J'ai bu mon verre d'un seul coup et je m'en suis resservi un autre. Un tableau, plutôt une lithographie, était accroché sur le mur d'en face. Elle représentait un clown blanc, et on aurait dit que ses larmes étaient de sang. J'ai cherché où pouvait se trouver la chaîne stéréo, en vain, alors je me suis rassis et j'ai attendu, face au clown. Béatrice était toujours dans la salle de bains. Ça devait bien faire un quart d'heure et j'ai commencé à m'inquiéter. Je me suis approché de la porte et j'ai entendu ses sanglots. Elle pleurait sans discontinuer, comme si tout son être avait lâché. Qu'est-ce que je pouvais faire ? J'ai hésité et je me suis décidé à ouvrir la porte avec précaution. C'est alors qu'elle a giclé comme un diable de sa boîte. Elle a commencé à me frapper de toutes ses forces et, quand j'ai voulu la contenir, elle s'est mise à me mordre et à me griffer tout en hurlant.

— Tout ce que tu veux, c'est me baiser ! Tu me prends pour qui ? Une putain ? Je ne suis pas une putain !

J'ai tenté de parer cette avalanche de coups. Sa force était décuplée par la folie. C'était vraiment impressionnant. Elle s'est emparée d'un vase qu'elle a lancé dans ma direction et que j'ai évité de justesse. Il a littéralement explosé contre le mur.

— Dehors ! Fous le camp, salaud !

La porte était tout près, derrière moi, et je n'ai eu qu'à tendre le bras pour l'ouvrir. Béatrice m'a donné un dernier coup de pied avant de s'enfermer chez elle. Elle continuait à crier, menaçait d'appeler la police, de porter plainte, de me traîner en justice si je continuais à la harceler.

Je suis resté un instant immobile dans ce couloir, tentant de reprendre mes esprits. Un voisin est sorti de chez lui, trois paillassons plus loin. C'était un homme d'une cinquantaine d'années, en pyjama. Il n'a pas eu l'air surpris de me voir là. Il a haussé les épaules.

— Vous vous en tirez pas mal… Le dernier, elle l'a poursuivi avec un couteau.

27

En entrant dans le pavillon, j'ai tout de suite perçu quelque chose d'anormal. Une plainte sourde s'élevait dans l'obscurité. J'ai mis un instant à comprendre qu'il s'agissait des canalisations. Pour une raison que j'ignorais, couper l'eau avait déclenché des vibrations terribles qui se propageaient à travers les murs. Je suis descendu à la cave. Il suffisait que je libère le circuit d'eau pour que les vibrations cessent, mais dans ce cas, il faudrait que je me relève toutes les deux heures pour vider le seau. J'ai préféré laisser la vanne fermée.

Je me suis replié dans ma chambre. Pour aujourd'hui, ça suffisait. Sauf que les vibrations des tuyaux m'ont rattrapé. Et c'était comme ça dans tout le pavillon. Il n'y avait que les deux chambres du fond qui en étaient épargnées. J'ai voulu m'installer dans la plus grande, mais j'avais oublié à quel point le lit était défoncé, et je me suis donc rabattu sur celle que Léonard avait occupée. J'ai alors réellement tenté de dormir. Mais tout s'est ligué contre moi. La taille du lit, qui m'obligeait à m'allonger de biais. Cet horrible papier peint, dont l'image persistait bien après avoir fermé les yeux. Les griffures de cette pauvre fille, que je n'avais même pas envie de soigner. J'étais comme un plongeur qui veut s'enfoncer dans les profondeurs mais qui remonte inexorablement à la surface. Au bout de plusieurs tentatives, j'ai abandonné. Il valait bien mieux allumer la lumière, et c'est ce que j'ai fait.

Je me suis assis le dos contre le mur et j'ai médité dans le silence. J'ai revu Catherine s'éloigner sans se retourner après que je l'avais repoussée si abruptement. J'avais envie de lui écrire un message pour m'excuser, mais j'en redoutais les conséquences. J'avais fait le plus dur, pourquoi revenir en arrière. Pourquoi rouvrir ma porte ? Ça ne menait nulle part. C'est alors que j'ai aperçu le cahier posé sur le rebord de la fenêtre. Je me suis levé et je l'ai feuilleté. C'était bien celui que Léonard avait utilisé pour y inscrire les schémas de jeu à la suite de ses précieuses notes sur les échecs. Est-ce qu'il l'avait laissé volontairement, ou par oubli ? Après l'avoir parcouru dans le désordre, j'ai commencé à le lire plus attentivement, et du début.

Léonard y avait écrit, en introduction, des réflexions de base sur les échecs, si évidentes, si limpides que même moi je pouvais les comprendre, puis dans les pages suivantes, il proposait des combinaisons élémentaires qui permettaient de se lancer dans une partie. J'ai lu ces recommandations assorties de croquis, avec la plus grande attention. Ce n'était pas si abstrait, après tout, expliqué par un joueur clairvoyant. Je me suis alors souvenu de la promesse faite à mon neveu, lors de la séance de pénaltys : apprendre ce jeu qui me semblait si loin de moi, de ma culture, en réponse au défi qu'il s'imposait à lui-même. Je me suis replongé dans la lecture du cahier. J'ai oublié la fuite d'eau. Le FC Valenciennes. Ce moment de folie chez Béatrice. J'ai même oublié Catherine Vandrecken, et quand je suis arrivé au terme du cahier, je me suis rendu compte que l'aube se levait. Les tensions s'étaient apaisées en moi. Je me suis endormi.

28

Quand je me suis réveillé, la matinée était bien avancée et j'avais trois messages de Meunier sur mon téléphone. Il ne comprenait pas pourquoi mes joueurs s'entraînaient seuls.

J'ai sauté dans ma voiture et débarqué au stade au radar. Appuyé contre la balustrade, Meunier était en conversation téléphonique et, quand il m'a vu, il a coupé court. J'aurai parié que l'échange me concernait.

— Qu'est-ce qui t'arrive ? Je commençais à m'inquiéter…

Il s'est approché encore un peu pour scruter ma pommette.

— C'est quoi ça… Tu t'es battu ?

L'assaut de Béatrice avait laissé des traces.

— C'est rien. Tu les as mis à courir ?

— Ben oui.

— T'as bien fait.

Je me suis éloigné de lui pour entrer sur le terrain et rejoindre les cadets.

— Attends ! a dit Meunier dans mon dos.

Je me suis arrêté et j'ai soupiré. Une des fonctions de Meunier était de transmettre les messages de la direction du club. Je me doutais un peu de la teneur de celui-là.

— Faut qu'on parle d'un truc...

— Ça peut attendre non ?

— C'est important, Vincent...

À cet instant mon téléphone a sonné.

— Monsieur Barteau ? C'est le CHU d'Amiens-Sud. Je vous appelle à propos de votre mère. Gabrielle Barteau.

Sur le moment j'ai cru qu'elle était morte. Je suis resté la bouche ouverte. Les garçons entamaient un nouveau tour et Meunier m'observait.

— Elle doit libérer sa chambre aujourd'hui, a repris la voix au téléphone.

— Je ne suis pas au courant.

— En fait nous essayons de joindre votre sœur, Madeleine Barteau, qui s'était engagée à venir la chercher. Mais nous sommes sans nouvelles d'elle. Et comme votre nom est également sur la liste.

— La liste ?

— Des personnes à contacter.

Madeleine avait donné mon téléphone à mon insu. De mieux en mieux.

— Je peux vous donner le numéro qu'elle m'a laissé. Ce n'est pas le sien, mais on lui fait passer les messages.

— Vous ne pouvez pas l'appeler vous-même ? Nous avons énormément de travail ici, vous savez. Et par ailleurs votre mère bloque cette chambre dont nous avons besoin...

— Qu'est-ce qui se passera si personne ne vient ?

— Nous sommes en droit d'appeler une ambulance et de la faire raccompagner chez elle.

— Eh bien faites-le.

— Monsieur Barteau, la situation de votre mère est celle d'une personne en fin de vie. Elle a besoin d'une assistance vingt-quatre heures sur vingt-quatre, et vous comprenez bien que c'est à la famille de faire face à ses devoirs...

J'ai tenté de reprendre ma respiration, comme si j'avais pris un coup de coude d'un défenseur adverse, sur un corner, au moment de sauter.

— Je vais joindre ma sœur, c'est sûrement un malentendu.

— Ce jour de sortie était prévu depuis longtemps.

— Je vais la joindre, je vous dis.

— On ne peut vraiment pas la garder, vous savez.

— Laissez-moi un numéro où vous rappeler.

Aussitôt raccroché, j'ai commencé à faire défiler les numéros. Madeleine avait intérêt à me répondre, et vite.

— C'est pas pour dire mais t'as l'air un peu bizarre depuis quelque temps, Vincent. Et je suis pas le seul à m'en rendre compte...

J'ai relevé la tête. J'avais presque oublié qu'il était là. Meunier.

— C'est-à-dire ?

— Le vice-président n'a pas trop aimé la manière dont tu lui as répondu après le match contre Valenciennes.

— Ah oui ? Il aurait préféré que je lui raconte des bobards ?

— Il préférerait que tu sois heureux de l'effort qu'on fait pour les jeunes du club en leur offrant un entraîneur professionnel, plutôt bien payé.

— Nous y voilà.

— Et à part ça, je vois plus ton petit prodige…

— C'est pas mon prodige, d'abord. C'est juste mon neveu, et il est reparti avec sa mère.

— C'est un peu con, non ?

— Personne n'a jamais dit qu'il resterait. Est-ce que je peux m'occuper de mes gars maintenant ?

— Tu devrais quand même faire attention…

— À quoi ?

— Je sais pas. On dirait que tu vas lâcher la rampe…

Peut-être qu'il avait raison. Peut-être que je n'avais qu'une envie, tout bazarder. Je l'ai regardé en face et je lui ai décoché un sourire, puis je l'ai laissé planté là, avec son costume gris perle.

Depuis que je m'occupais d'eux, je n'avais jamais manqué un entraînement des cadets, jamais été en retard. J'ai pensé qu'ils allaient me chambrer, mais non. Pas un commentaire, pas un regard malicieux. Ils se sont mis aux exercices que je leur ai indiqués, comme si de rien n'était, peut-être même avec plus d'application que d'habitude, et quand est venu le moment du petit match habituel, Marfaing s'est avancé vers moi au nom de tout le groupe.

— Vous inquiétez pas pour nous, m'sieur. On se fait nos deux mi-temps d'une demi-heure. Si vous avez un truc à régler, on peut finir sans vous.

Ça devait drôlement se voir que j'étais préoccupé pour qu'ils aient une réaction pareille. Je me suis posté derrière le but et j'ai appelé Madeleine, aux trois numéros qu'elle avait utilisés ces derniers jours. Sa colocataire n'avait aucune nouvelle d'elle et attendait visiblement avec une certaine impatience qu'elle lui règle deux loyers en retard. La stagiaire à qui elle avait emprunté son téléphone se souvenait à peine d'elle. Restait le numéro du dénommé Patrice. Il était en permanence occupé, mais je n'ai pas renoncé et j'ai fini par pouvoir laisser un message.

29

À la sortie du stade, j'ai eu la vision de mon frigo presque vide et j'ai pris aussitôt la direction de l'hypermarché. Il n'était pas question de retourner à la brasserie. Je me suis engagé dans les allées en poussant le Caddie devant moi, le regard fixe. Je ne savais pas trop ce que j'achetais. J'étais en pilotage automatique. Je passais à hauteur d'un produit et ma main agrippait un paquet, puis le balançait dans le chariot avant que j'aie eu le temps de réfléchir. C'est alors que mon téléphone a vibré.

— Vincent ? a fait Madeleine.

J'ai eu envie de hurler, mais je suis resté avec le portable dans la main, plusieurs secondes, le temps de me contrôler.

— C'est quoi cette salade avec la mère ?

— Je te jure que le secrétariat m'avait donné une autre date de sortie. C'est vraiment des connards !

— Tu as intérêt à les rappeler vite fait et à foncer là-bas, sinon ils la mettent sur le trottoir.

— Hein ? Mais je ne peux absolument pas bouger. Pas avant deux jours au moins ! Je suis seule avec le chantier et Patrice est en Allemagne pour négocier avec un brasseur de bière...

— Tu te débrouilles, je ne veux pas le savoir.

— Vincent...

— Non.

— Vincent, écoute-moi au moins...

J'ai raccroché. Le Caddie était presque plein. J'avais de quoi tenir un siège et c'est bien ce que je m'apprêtais à faire. Je m'étais fait avoir une fois, pas deux. Je suis passé à la caisse et j'ai traversé le parking jusqu'à ma voiture. J'étais en train de transférer mes achats dans le coffre, quand mon téléphone s'est de nouveau manifesté.

— Donne-moi deux jours, Vincent, a repris Madeleine. S'il te plaît. Deux jours pour trouver une solution, et après je te fous la paix pour toujours, tu n'entendras plus parler de moi. Deux jours, Vincent. Personne ne peut me remplacer. S'il y a un problème sur le chantier, on perd tout !

Je me taisais. Elle se demandait si je n'avais pas raccroché. Elle s'est mise à pleurer.

— Ça non. Tu arrêtes tout de suite.

Je me suis assis sur le bord du coffre. Je devais absolument me rappeler comment les choses s'étaient passées avec Léonard. Comment, dans l'urgence, ma sœur avait réussi à m'embrouiller.

— Est-ce que tu as contacté quelqu'un pour s'occuper d'elle, après l'hôpital ?

— Oui. Une dame qui s'en occupe déjà un peu et qui a l'air très bien. Mais il faut la rencontrer pour mettre tout ça au point. Ça ne peut pas se faire à distance. C'était prévu à l'autre date.

— File-moi son téléphone.

— Elle va te dire comme à moi.

J'ai pris ma respiration. J'ai fermé les yeux. Je n'en revenais pas de ce que j'allais dire.

— File-le-moi. Je vais aller là-bas.

— Vincent, je…

— Écoute-moi bien. Je vais la sortir de l'hôpital. L'installer chez elle. M'entendre avec l'assistante de vie. Et basta. Tu arrives et je ne veux plus en entendre parler.

— Tu sais, je…

— File-moi ce putain de téléphone.

Après qu'elle m'a donné les coordonnées d'une certaine Mme Robin, j'ai raccroché. Je suis resté comme ça, sur ce parking, à l'arrière de la voiture, le Caddie devant moi. C'était comme si j'étais le spectateur de ma propre vie. Une comédie. J'allais revoir Saint-Quentin. Toutes ces années pour m'en éloigner, et j'allais y retourner. Cette barrière que j'avais dressée, fortifiée, chaque jour, chaque heure, avec obstination, ça n'avait pas suffi. Pour finir, j'étais demeuré à deux heures de route de mon enfance. Quel con j'étais.

30

J'ai pris la route sans rien dans le ventre. Plus vite cette histoire se réglerait, mieux ce serait. Il s'est mis à pleuvoir avant Amiens et je mc suis perdu. J'ai dû faire au moins vingt bornes en trop. La ville avait beaucoup changé. Je me suis arrêté dans une station-service et j'ai mangé un sandwich qui n'avait pas de goût. J'ai fini par trouver des panneaux indiquant le CHU. C'était un vrai jeu de piste, mais un peu avant quatorze heures je me garais sur le parking de l'hôpital.

À l'accueil on m'a dirigé vers le secrétariat pour répondre à des questions auxquelles je n'avais pas de réponse. Le dossier médical de ma mère était un vrai foutoir, elle devait un paquet d'argent à l'administration, rien n'avait été fait dans les règles. Ensuite on m'a indiqué comment me rendre au service de cancérologie, car avant de récupérer ma mère je devais m'entretenir avec le professeur Charlier qui l'avait opérée plusieurs fois. Je me suis installé dans une salle d'attente avec des personnes qui avaient affronté les rayons. En face de moi un enfant de cinq ans au crâne rasé construisait un puzzle.

Le professeur Charlier m'a reçu dans son bureau dont l'étroitesse m'a surpris. Il avait l'air fatigué et débordé, mais le regard était perçant.

— Vous êtes le fils ?

Il a commencé par résumer le parcours médical de ma mère. Il parlait avec concision, sans s'abriter derrière un langage complexe, sans précaution superflue. Du sein au pancréas, le cancer n'avait fait que se propager à l'intérieur de son corps pendant toutes ces années, jusqu'à se généraliser. Le professeur avait négocié quelques trêves avec la maladie, mais jamais obtenu une vraie victoire. Et maintenant il rendait les armes.

— Une nouvelle opération serait de l'acharnement. Aujourd'hui la société a pris conscience de la nécessité d'un accompagnement familial, hors de l'hôpital, pour une fin de vie plus humaine.

Je comprenais le sens de cette formule, mais je me suis demandé si mon retour à Saint-Quentin avait quoi que ce soit d'humain. Je pensais surtout qu'il était à haut risque. Je me suis retrouvé dans un ascenseur, avec entre les mains l'histoire physique de Gabrielle Barteau, née Lemoine. J'ai parcouru rapidement le dossier et je l'ai refermé. Je connaissais la fin.

L'étage était réservé aux malades en phase terminale. J'ai mieux compris l'empressement de l'administration à récupérer le moindre lit. On aurait dit un hôpital de campagne débordé par la violence des combats. Des brancards embouteillaient le couloir, des câbles pendaient du plafond, le personnel parait au plus pressé. Soudain j'ai vu ma mère. Ils l'avaient déjà sortie de sa chambre afin qu'une aide-soignante nettoie la pièce à la Javel. Elle attendait dans une chaise roulante, une couverture sur les épaules. Elle portait une perruque et la peau tendue de son visage semblait tirer la mâchoire vers l'arrière, l'obliger à ouvrir la bouche en permanence. Je suis parvenu à sa hauteur et elle a fixé sur moi ses petits yeux noirs. Elle n'a pas manifesté de surprise, et encore moins d'émotion. On avait dû la prévenir, mais ce n'était pas la raison principale de son attitude. Elle paraissait revenir de très loin, d'un pays dont on ne peut parler à ceux qui n'y sont pas allés, qui modifie la perception du présent et réduit considérablement son importance.

— J'ai soif, a-t-elle dit.

Sa voix était privée de souffle, mais malgré tout, elle était audible, pour peu qu'il n'y ait pas trop de bruit autour. Une infirmière est arrivée.

— Où est-ce que je peux trouver de l'eau ?

— Au fond du couloir à droite. Vous pouvez garder le fauteuil pour descendre votre mère, mais il faudra le rendre à l'accueil. Il y a un service de location si vous voulez.

J'ai conduit ma mère jusqu'aux ascenseurs. Cette position en arrière d'elle me convenait très bien. Je pouvais m'habituer à sa présence. Je voyais les épingles qui maintenaient la perruque sur ces quelques rares vrais cheveux. Ses mains tachées. Elle a bu dans un gobelet, au distributeur, presque goulûment.

Nous avons traversé le hall d'entrée. Le soleil de novembre était bas. J'ai empoigné ce corps devenu sec et l'ai déposé sur la banquette arrière. J'ai rendu le fauteuil et j'en ai loué un autre, puisqu'il le fallait. Je me suis battu avec lui pour le replier et le glisser dans le coffre. J'ai pensé ne jamais y parvenir. Je me suis installé au volant avec le sentiment d'avoir franchi une première étape. Il restait la plus raide à présent. Saint-Quentin. J'avais juré de ne jamais y remettre les pieds. Eh bien voilà.

Dès que l'auto s'est mise en mouvement, ma mère s'est endormie. L'infirmière, avant de me la confier, lui avait donné des cachets, deux d'un coup, et m'avait laissé la fin de la boîte en me recommandant de les utiliser avec parcimonie. « Elle va dormir un bon coup. Les vieux n'aiment pas les déménagements », avait-elle ajouté.

31

En entrant dans Saint-Quentin j'ai trouvé que la ville n'avait pas tant changé que ça, du moins le centre, mais quand je suis arrivé dans le quartier de mon enfance, j'ai révisé mon jugement. Les petites maisons avaient presque toutes été rasées pour faire place à des lotissements. Un supermarché remplaçait le cinéma et le jardin public était devenu un parking. Je me suis engagé dans la rue des Cordiers. J'ai eu l'impression qu'elle avait rétréci, comme ma mère, et j'ai failli rater la maison. J'ai dû enclencher la marche arrière pour revenir à sa hauteur. Comme elle était basse et grise. Personne ne vivait plus ici depuis longtemps. Ou alors des fantômes.

J'ai fouillé dans le sac de ma mère pour trouver les clefs. C'était une pagaille pas possible là-dedans. J'ai cru que j'allais devoir la réveiller. Peut-être les avait-elle confiées à un voisin ? Et puis je suis tombé dessus. Elles étaient rangées dans une poche à part, avec une photo de Léonard, son petit-fils. Il devait avoir trois ou quatre ans sur ce cliché de mauvaise qualité. Sa tête avait déjà cette forme particulière, et ses bras touchaient presque ses genoux. Je l'ai remis vivement à sa place et j'ai ouvert la porte de la maison.

L'odeur m'a pris à la gorge. Au bout de toutes ces années, elle avait donc persisté. Ces affreux relents d'égouts, qui avaient conduit mes parents à des expertises à répétition, des travaux, des modifications multiples des écoulements, sans jamais d'amélioration. Et la farce durait encore. J'ai essayé de me concentrer sur des pensées simples. Je devais juste installer ma mère chez elle et repartir. Je me suis dirigé vers la chambre qui avait été celle des parents. La cheminée croulait sous les bibelots et les cadres. Une paire de chaussons était posée sur le tapis.

Je suis allé chercher ma mère dans la voiture. Sa nuque reposait sur le haut du siège et elle respirait fort, les yeux fermés. J'ai glissé ma main entre son dos et la banquette, et je l'ai soulevée sans qu'elle se réveille. Je l'ai déposée sur son lit, tout habillée, et recouverte d'une couverture, la première à me tomber sous la main. C'était l'étape numéro deux, et qu'elle soit sonnée par les calmants m'arrangeait. Je devais maintenant régler le problème de l'assistante de vie. J'ai composé son numéro pour lui dire que j'étais arrivé à la maison, c'était ce que nous avions convenu lorsque je l'avais appelée plus tôt dans la journée. Mais alors que je commençais à me détendre, elle m'a répondu qu'elle ne pouvait pas être là avant une heure à cause d'une autre dame dont elle s'occupait, qui était tombée dans son escalier.

Une heure, dans cette maison, à attendre. Bon sang, qu'est-ce que j'allais bien pouvoir faire ? J'ai songé à rappeler Madeleine, mais pourquoi l'aurais-je fait. Pour lui dire que j'avais la situation en main ? Pour la rassurer ? Sûrement pas. Pour passer mes nerfs ? Inutile. J'ai repris le trousseau de clefs pour ouvrir la petite porte à l'arrière de la maison. J'ai senti ma gorge se serrer. Rien n'avait changé, ou presque, même si, bien sûr, le jardin était un peu à l'abandon. Les dalles, le rectangle de gazon famélique encadré par un mur en pierre, d'un côté, et de l'autre par une haie, le cerisier au beau milieu, le cabanon au fond, prolongé par un abri ouvert qui servait de remise pour les outils, les produits d'entretien, tout ce qu'on ne pouvait pas stocker à la cave. Tout était à l'identique. C'était dans ce jardin que la bataille avec mon père avait connu son paroxysme. Comme je n'avais pas le droit de sortir, d'avoir des copains, j'y passais le plus clair de mon temps, à courir et taper dans un ballon. J'avais un parcours que je répétais jusqu'à l'épuisement. Je partais des dalles, ballon au pied, le mur était un équipier imaginaire et je lui faisais une passe qu'il me rendait avec plus ou moins de précision, suivant comme le ballon tapait dans les pierres, puis je dribblais le cerisier et je me retrouvais en position de tir, face à l'abri qui représentait les cages et devant lequel j'avais disposé la tondeuse pour figurer un goal infranchissable. J'étais devenu très adroit à force de me livrer à cet exercice, tant et si bien que j'avais fini par connaître chaque pierre du mur où rebondissait le ballon et que j'étais capable de me faire une passe dans les pieds, ou de l'autre côté du cerisier, pour tenter une reprise de volée en pleine course. De cette manière, je pouvais parfois loger le ballon dans la lucarne, c'est-à-dire l'angle de l'abri, cinq, six fois de suite.

Mais bien sûr il arrivait aussi que je dévisse ou que je m'emporte un peu, gagné par l'euphorie, et que mon ballon s'égare, causant des dégâts dans l'abri, que je m'efforçais ensuite de réparer, sans y parvenir tout à fait. Un jour j'avais même cassé un carreau du cabanon dans une tentative de lob un peu trop optimiste. Et quand mon père était rentré, j'avais pris une des plus mémorables corrections de toute notre histoire commune, au point que je m'étais pissé dessus. J'avais vu dans ses yeux une envie de me tuer, et peut-être qu'il l'aurait fait si je ne lui avais pas répondu, « Fais-le. Qu'on n'en parle plus ». Ce qui l'avait arrêté net. Pour lui il n'y avait aucun doute, j'avais voulu le provoquer, une fois de plus, et ça l'avait rendu fou. Il n'était jamais parvenu à concevoir qu'un enfant ait besoin de se défouler, qu'empêché de sortir de chez lui, il finisse par taper dans les murs.

J'ai poussé la porte du cabanon. Elle n'a pas beaucoup résisté. J'ai dû me pencher un peu pour entrer à l'intérieur. Ici aussi, tout était resté en place, même si de la poussière recouvrait l'établi, les casiers de rangement, le poêle à bois, que mon père allumait en hiver, à l'époque où il passait ses week-ends à bricoler. Je me suis demandé si le garage miniature était toujours là. Je me suis penché sous l'établi. Il y était, et je l'ai extrait d'un tas de planches pour le poser devant moi, souffler dessus, le contempler. Il manquait la rampe qui permettait de garer les voitures à l'étage, mais la structure tenait toujours. J'en avais passé des heures à jouer avec ce garage. Mon père me l'avait fabriqué lorsque j'avais attrapé une pneumonie dans la cour de l'école, un hiver où il faisait très froid, et que j'étais resté des semaines à la maison, en pleine année scolaire, à me refaire une santé.

Il avait été cet homme-là, aussi. Parfois j'en arrivais à l'oublier. Mais c'était avant qu'il ne dégringole. Qu'il passe, en quelques années, d'un contremaître indispensable, fier des caravanes que produisait son atelier, à un représentant de commerce itinérant, arnaquant les naïfs, et surtout les pauvres, en leur faisant miroiter les vertus du crédit, avant de lui-même se retrouver au chômage. C'était peut-être ce qui expliquait ma défiance à l'égard de l'espèce humaine, cette transformation de mon propre père, que j'avais vécue dans le temps réel d'une enfance. S'il avait été un individu violent dès le départ, je crois que j'aurais pu l'accepter. Penser que j'étais mal tombé, et voilà tout. Mais là, il s'était agi d'autre chose. J'avais assisté à la naissance du mal. J'avais pu évaluer avec quelle facilité la démence pouvait s'emparer d'un homme qui construisait des garages en bois, vous prenait sur ses genoux, vous lisait des histoires. J'avais vu mon père devenir cette mauvaise bête, presque malgré lui, qui ne cherchait qu'à me briser, m'enfermer, parce qu'il avait perdu son travail. Parce que le monde social l'avait mis en échec. On était donc si peu de chose ? Ça voulait dire qu'on ne pouvait faire confiance à personne. Que personne n'était à l'abri de la déchéance, et moi non plus. Puisque tout dépendait des circonstances. Ça voulait dire qu'il fallait un arbitre et des cartons rouges, et toujours rester sur le qui-vive.

32

Je me suis demandé si l'assistante de vie allait finir par arriver. L'heure était passée depuis longtemps. Et puis j'ai entendu se ranger une voiture, une porte claquer. J'ai vu venir à travers la fenêtre de la cuisine une petite bonne femme ronde et rousse, qui claudiquait un peu, un sac de provisions à la main. Je n'ai pas eu le temps d'ouvrir qu'elle était déjà dans le couloir. Elle avait l'habitude de la maison. Je lui ai tendu la main, mais elle m'a pris le bras et embrassé.

— Elle m'a tellement parlé de vous, a-t-elle dit, j'ai l'impression de vous connaître. Elle dort ?

— Oui.

— Ils ont dû lui coller du Nordax. Ça endort un cheval. On a un souci Vincent. Je préfère vous le dire tout de suite...

Elle a déballé ce qu'elle avait dans son sac, sur la table de la cuisine. C'était du linge et de quoi faire sa toilette. Puis elle m'a fait face. Elle avait des yeux d'une clarté étonnante.

— Quand votre sœur m'a proposé de m'occuper de votre mère à mi-temps, je ne lui ai pas dit non, mais maintenant... J'ai l'autre personne dont je m'occupe qui vient de tomber dans son escalier et elle va avoir besoin de moi en permanence. C'est pour ça que je suis en retard. Il a fallu discuter et modifier le contrat. La rassurer. C'est pas une marrante en plus, j'aurais préféré votre mère et de loin, croyez-moi !

Nous étions au milieu de la petite cuisine. Je ne me souvenais pas que cet endroit était si sombre. Je n'étais pas sûr de bien comprendre.

— Qu'est-ce que vous me dites...

— Mais je vais pas vous laisser dans le pétrin, Vincent, je vais vous trouver quelqu'un.

— Vous ne pouvez pas rester ?

— Non. Je viens de vous l'expliquer.

J'ai reculé jusqu'à la pierre de l'évier. J'avais besoin d'un appui.

— Madeleine savait que vous vous occupiez de quelqu'un d'autre ?

— Bien sûr...

— Le mi-temps aussi, vous en aviez parlé ?

— Évidemment.

— Parce que nous on a besoin d'un plein temps.

— Ah... je n'avais pas compris ça.

— Vous l'avez eue quand au téléphone exactement...

— Alors ça, vous savez... Vous ne voulez pas un petit café ? Moi, j'en prendrais bien un. Ne vous dérangez pas je sais où c'est.

J'étais dans la maison de Saint-Quentin, avec ma mère, et les choses se compliquaient.

— Ça fait drôle de vous voir en vrai, vous savez. Son idole !

— Vous devez vous tromper de fils.

— 17 avril.

— Quoi, 17 avril ?

— C'est votre anniversaire.

— Je le sais, merci.

— Tous les 17 avril, elle pleure. Et quand elle dit « mon grand » elle a tout dit.

— Madame Robin...

— Christiane, faites-moi plaisir...

J'ai pris une respiration. Je devais éviter de me noyer, fermer des compartiments.

— Christiane, est-ce que vous pourriez au moins la garder pendant disons, deux jours.

— Ah ça non...

— Le temps que ma sœur arrive.

— Je suis désolée mais c'est pas possible... Vous savez avec les contrats, ça ne rigole pas. On peut perdre son agrément. Et comme je vous ai dit, l'autre dame, c'est pas une marrante, et si je...

À ce moment-là, un bruit sourd s'est fait entendre, provenant de la chambre. Nous nous sommes précipités tous les deux. Ma mère était tombée, en voulant aller aux toilettes probablement. Elle avait vomi sur elle. Son gilet, son chemisier, sa robe, il y en avait partout.

— Ben, c'est du propre, a dit Christiane Robin.

Il a fallu la déshabiller, la laver dans la baignoire. Elle ne tenait pas debout et je la maintenais en équilibre comme je pouvais, pendant que Christiane la rinçait avec la douche.

— Je vais lui chercher des affaires propres. Je sais où c'est...

Je me suis retrouvé à la sécher. Elle tentait de se reprendre. Ses yeux étaient fermés et elle luttait pour les ouvrir.

— Pardon, a-t-elle dit.

— Essaye de te tenir au bord de la baignoire.

Elle l'a cramponné de sa main, et c'est là que j'ai vu les cicatrices de ses opérations tandis que je tamponnais sa peau avec la serviette. Sa poitrine avait été mutilée, son abdomen ouvert dans toute sa largeur.

Christiane est revenue avec des vêtements, tout ce qu'elle avait pu trouver de chaud et confortable. On l'a emmaillotée, je ne vois pas d'autre mot, puis amenée jusqu'au lit, chacun la soutenant par un bras.

— Ça va mieux quand on a vomi, hein, Gaby ? a dit Christiane.

Ma mère lui a répondu en levant un peu la main, mais elle n'a pas rouvert les yeux. Elle est retombée dans le sommeil tout de suite. Le voyage dans la salle de bains l'avait épuisée.

Le café était froid et je l'ai réchauffé. J'en ai servi une tasse à Christiane, moi je me suis abstenu. J'étais déjà trop nerveux.

— Le pire, c'est qu'elle a plus que la souffrance maintenant. C'est malheureux à dire, mais c'est comme ça.

— Vous connaissez son médecin de quartier ?

— M'en parlez pas... un vrai connard. Vous m'excuserez, mais c'est le mot. C'est un catholique, et du sérieux, un intégriste comme monseigneur machin, celui qui dit que l'avortement c'est un assassinat...

— Je ne vois pas le rapport...

— Ah ben si, parce que la souffrance pour lui, ça fait partie de la rédemption, et du coup il ne donne jamais de morphine. Je le sais parce qu'il s'est occupé de ma nièce et qu'elle en a bavé jusqu'au bout, mais c'était pour le pardon de ses péchés.

— Des médecins, il y en a d'autres, non ?

— Alors là vous ne savez pas comment ça marche, ici. Ils ne se piquent pas les clients dans une ville comme Saint-Quentin, c'est trop petit.

— Et l'hôpital ?

— C'est plus leur problème quand ça se passe dehors. Ils n'arrivent déjà pas à s'en sortir avec ce qui se passe dedans ! Ce qu'il faut dans un cas comme ça, c'est connaître du monde, sinon… Vincent, il faut que j'y aille. Vous allez m'en vouloir mais je suis dans mon temps de travail. Je repasserai après si vous voulez…

Elle m'a embrassé une deuxième fois. Je commençais à m'y faire. Elle m'a regardé dans les yeux en me tenant le bras. Elle l'a pressé fort. Je ne pensais pas qu'une femme pouvait avoir autant de poigne.

— C'est bien que vous soyez venu. Tout ira mieux pour elle grâce à ça…

Je me suis assis sur une chaise de cuisine. J'ai entendu sa voiture s'éloigner. C'était exactement la personne qu'il fallait à ma mère. Mais elle n'était pas libre. J'ai jeté un coup d'œil autour de moi, cette pièce où ma mère se réfugiait avec ses éponges et son balai-brosse, quand la folie de mon père faisait trembler les murs. J'avais si souvent souhaité qu'ils meurent, tous les deux. Qu'ils soient rangés pour toujours sous la terre, oubliés. Mais je n'avais pas prévu la souffrance et ces cicatrices.

J'ai lavé les tasses machinalement, l'eau froide sur mes mains m'a fait du bien. J'avais fait flotter des bateaux de bois, debout sur un tabouret, dans cet évier. C'était il y a mille ans, ou bien hier. Et puis j'ai repensé à ce qu'avait dit

Christiane Robin, qu'il fallait *connaître du monde* dans ce genre de situation. J'ai vu le beau visage de Catherine, devant ma porte, le soir où elle était venue me demander si tout allait bien. Du monde, j'en connaissais. J'ai cherché le numéro du docteur Vandrecken. J'étais capable de l'avoir effacé. Non. Je l'avais toujours. J'ai appelé en pensant qu'elle était en consultation, en me préparant à laisser un message. Mais c'est sa voix que j'ai entendue, proche comme si elle était dans la pièce.

— Vincent ?

— J'ai besoin de vous, Catherine.

33

Christiane est revenue un peu avant huit heures du soir. Je lui ai fait part de ma décision d'emmener ma mère. Pour elle, c'était évident depuis le départ. Elle a préparé sa valise, tandis que j'aménageais une sorte de lit, à l'arrière de la Peugeot. Quand tout a été prêt, nous avons donné un cachet de plus à ma mère et nous l'avons emportée dans la couverture. Sa taille rendait l'opération aisée, et sa position stable sur la banquette. Christiane a embrassé Gabrielle sur le front, puis moi aussi, en me souhaitant bonne route.

À cette heure et en cette saison, la route entre Saint-Quentin et Sedan était peu empruntée. J'ai pu rouler sans toucher le frein, ou presque. À un moment ma mère a parlé dans une langue qui appartenait à son rêve.

Une place était libre juste devant chez moi. J'ai pu ouvrir la porte de la maison et revenir chercher ma mère sans difficulté. Je l'ai installée dans la grande chambre du fond, celle que Meunier avait habitée quelques mois. J'ai apporté de l'eau. Je me suis assuré que la lampe de chevet fonctionnait. Ma mère respirait toujours, la bouche ouverte, un peu obscène. J'ai posé la main sur son front. Ce n'était pas une caresse, je voulais voir si elle avait de la température. J'ai rapproché de son corps son bras qui pendait un peu. J'ai quitté la pièce.

Catherine est arrivée peu après. Elle portait un pull avec un col roulé très haut et ses cheveux étaient tirés en arrière. Elle m'est passée devant et elle a déposé sur la table de la cuisine ce qu'elle avait pu obtenir du docteur Mérieux. La morphine et les seringues.

— Vous savez faire une piqûre ?

— Oui.

Elle a refermé son sac, m'a adressé un discret sourire et s'est dirigée vers la porte.

— Qu'est-ce que vous faites ?

— Vous m'avez demandé de l'aide. Voilà.

— Restez…

— Je ne suis pas du genre à me jeter à la tête des gens, vous savez.

Je l'ai rattrapée par le bras.

— Catherine, pardonnez-moi. Vous m'avez fait peur.

— Moi ?

— Oui. Vous êtes trop intelligente, trop… Je ne me suis pas senti à ma place.

— Quelle place ?

— Restez s'il vous plaît.

Il y avait du feu dans son regard. C'est quelque chose que je n'avais pas encore vu chez elle. Et puis elle s'est adoucie.

— Vous devez être épuisé.

Une plainte est venue du couloir. L'effet du Nordax s'était dissipé. Catherine m'a accompagné jusqu'à la chambre. Ma mère agrippait le drap.

On aurait dit qu'elle essayait de ne pas être emportée dans une glissade interminable et douloureuse. Nous l'avons ramenée au centre du lit. Catherine a relevé la manche de sa chemise de nuit. Son bras était une brindille. Elle a cherché la veine, introduit la seringue, et le liquide s'est diffusé dans le corps de ma mère.

— Vous n'avez pas mangé ? m'a demandé Catherine.

— Non, mais ça va...

— Je vais vous préparer quelque chose. Restez avec elle.

Catherine a quitté la chambre. Peu après, ma mère a poussé un petit gloussement, et presque aussitôt ses yeux se sont ouverts.

— Vincent.

— Oui.

— Je ne connais pas cette chambre.

— C'est chez moi. À Sedan.

Elle a souri et marqué un long silence. C'était comme si tout son corps se relâchait. Puis, de nouveau, elle s'est un peu crispée.

— Ta sœur. Tu as des nouvelles d'elle ?

— Elle est à Reims. Elle n'a pas pu venir parce qu'elle travaille.

— Et Léonard ?

— Il est avec elle.

— Ce petit est une merveille...

— Je sais.

— Tu le connais ?

— Il est venu ici.

— Son père... Son père pensait qu'il était fou. Il en avait honte. Il a quitté Madeleine à cause de ça. Elle tombe toujours sur des hommes... Elle n'a pas de chance. Je voudrais tellement voir ce petit. Avant de mourir. Tenir sa main… Tu crois qu'il va venir ?

— Bien sûr.

— Je serais tellement contente…

Elle a poussé un soupir, puis fermé les yeux. J'ai cru qu'elle voulait parler encore. Sa bouche a fait mine de prononcer un mot, mais elle s'est rendormie, et cette fois j'ai éteint la lumière.

Catherine préparait des œufs au jambon. Elle était comme chez elle, dans cette cuisine. Elle avait entrouvert la fenêtre, pour la fumée de la cuisson et de sa cigarette.

— Comment est-elle ?

— Elle a souri. Elle m'a même parlé, et après elle s'est rendormie.

— C'est la morphine. J'ai fait avec ce que j'ai trouvé. Est-ce que vous avez du vin ?

— Je crois.

— Je boirais volontiers un verre.

J'ai mis la main sur un irancy. J'avais toujours une bouteille ou deux, pour un éventuel invité, sauf que je n'invitais jamais personne. Par chance, il n'était pas bouchonné. Catherine a dégusté son verre, adossée au comptoir, tandis que je mangeais avec appétit. J'en étais à la dernière bouchée quand mon téléphone a vibré. Un numéro inconnu, c'était Madeleine. Je suis sorti dans la petite cour.

— C'est ta sœur. Je t'appelle du bar. J'étais inquiète de ne pas avoir de nouvelles. Comment ça se passe ?

— Maman est chez moi.

Il y a eu un blanc sur la ligne.

— Qu'est-ce qui se passe, Vincent ?…

— Il se passe que madame Robin n'était pas libre et que son médecin est un con. Il se passe que je n'ai pas eu le choix. C'est la mode en ce moment…

— Mais… tu ne vas pas pouvoir la garder.

— Garder ? Madeleine, tu ne comprends pas bien. Elle est en train de mourir.

— Maman ? Elle est solide comme un roc. Elle m'a déjà fait le coup deux fois.

— Je ne pense pas qu'il y en ait une troisième. Elle voudrait voir Léonard.

— Vincent, je t'ai dit que j'étais coincée…

— Je ne te demande pas de l'amener. Je peux venir le chercher.

Il y a eu un second blanc.

— Ça ne va pas être possible.

— Pardon ?

J'entendais sa respiration. Il s'est bien écoulé dix secondes avant qu'elle me réponde.

— Il est dans un établissement spécialisé. Il ne sort pas.

Elle n'avait pas pu faire ça. Je voulais croire que je me trompais.

— Tu parles de ce collège réputé ?

— Non. Ça n'a pas marché.

— Tu peux être plus claire…

— Il a piqué une crise au premier cours. Tu sais, ces quelques jours chez toi…

— Quoi ?

— Eh bien, il est un peu bizarre depuis. Il s'est refermé, impossible de l'approcher. À l'appartement il s'est mis à casser des objets… Dans un appartement qu'on nous avait prêté provisoirement ! J'ai vu un spécialiste…

— Un spécialiste de quoi ?

— Des enfants difficiles. Il m'a conseillé un établissement. Peut-être… qu'il a une forme de schizophrénie.

— Ça n'a rien à voir !

— Qu'est-ce que tu en sais ?

— Madeleine…

J'ai eu envie de tout lui jeter au visage, son déni, sa lâcheté, son inconscience, mais au dernier moment je me suis contenu. Je connaissais assez ma sœur pour savoir que la pousser dans ses retranchements, dans ce contexte, ne ferait qu'amplifier le problème.

— Vincent, tu es toujours là ?

— Oui.

— Je vais voir ce que je peux faire pour Léonard. Je te rappelle. Et dès que je peux venir voir maman, je viens.

— Si tu le dis.

— Tu es en colère contre moi ?

J'ai raccroché. Je ne suis pas rentré tout de suite dans la maison. J'espérais que la tension qui habitait mon corps allait retomber. Catherine est venue me rejoindre. Elle avait un verre pour moi aussi.

— Je ne bois pas.

— Vous ne buvez pas, vous ne fumez pas.

— Je suis un sportif.

— Essayez, juste pour ce soir.

J'ai pris le verre avec réticence. J'ai senti le liquide couler dans ma gorge. Je devais admettre qu'à cet instant, c'était exactement ce qu'il me fallait.

— Léonard est dans un centre spécialisé. Un psy a parlé à ma sœur de schizophrénie…

Catherine est devenue toute pâle.

— Vous devriez aller faire un tour du côté de Reims, il me semble…

— Je le crois aussi. Mais je fais comment avec ma mère ?

— Je pourrais rester.

— Je ne peux pas vous demander ça.

— Bien sûr que si, veiller sur une mère, c'est mon rêve.

34

Je suis parti pour Reims avant même que le jour se lève. J'avais un plan. Débarquer à l'improviste sans que Madeleine ait le temps de m'opposer un rideau de fumée. Je savais où aller. Au bar. Elle m'avait dit que son emplacement en ferait le point de rencontre incontournable de tous les fêtards de cette ville. Il était situé sur une place derrière la cathédrale, en face des cinémas. Je devais pouvoir le trouver facilement.

Je suis entré dans la ville peu avant dix heures du matin et j'ai pris la direction du centre historique. J'ai vu se dresser devant moi la cathédrale, je l'ai contournée. C'était jour de marché et j'ai compris que j'avais intérêt à me garer rapidement. J'ai continué à pied et je suis tombé sur la place des cinémas sans même chercher. Le bar était de l'autre côté. De loin on apercevait un échafaudage. La façade était en pleine réfection.

En m'approchant j'ai vu que la porte à double battant était ouverte, à cause des odeurs de peinture. Je me suis aventuré à l'intérieur. On entendait une radio qui pouvait être Rire et chansons. Un humoriste monologuait. Le bar était loin d'être prêt à ouvrir. Le comptoir lui-même n'était encore qu'une carcasse de bois. Un mur avait été abattu, les gravats pas débarrassés. Le son du transistor venait du fond du local, alors j'ai continué plus avant. Un peintre travaillait dans une grande salle qu'ornait une cheminée. Il peignait le tour d'un miroir avec soin.

— Excusez-moi de vous déranger. Je cherche Madeleine Barteau.

Il a coupé le son du transistor, est descendu de son perchoir. Il avait le visage couperosé et des yeux bleus très clairs. À la manière dont il a égoutté son pinceau, à la propreté de ses mains au milieu de tout ce bazar, on voyait que ce n'était pas un amateur.

— Pardon ?

— Je cherche Madeleine Barteau.

— La fille ! C'est pas son heure, mon bon monsieur, il faudra attendre un peu. Vous lui voulez quoi ?

— Je lui ai prêté de l'argent. J'ai du mal à la joindre.

Je l'ai présenté comme ça. Un créancier qui débarque sur un chantier, c'est crédible. Je n'allais pas lui raconter ma vie non plus.

— Oh, alors là, j'espère que vous avez de l'endurance…

— C'est à ce point-là ?

— Vous voyez le chantier ? J'attaque les finitions ici alors qu'ils sont en train de démonter l'autre côté. Tout est comme ça. Lui je l'ai vu une fois et puis salut, à se demander s'il est pas en cavale, elle, c'est sa marionnette. Elle décide rien. Elle a pas le fric. Elle l'a au téléphone pendant des heures, mais y a rien qui en ressort. Elle prend des airs de patronne, mais si vous voulez mon avis, il la roule dans la farine. Ce qui se passe, c'est qu'il a dû essayer d'appâter des notables du coin avec son affaire en or, mais comme ça ne marche pas, il décroche, et elle, elle va se retrouver dans la merde, et pour ce qui est de se faire payer, je me fais pas d'illusion, si je finis, c'est pour ma réputation, pas pour autre chose. Ils vous doivent beaucoup ?

— Pas mal. Vers quelle heure elle arrive ?

— Elle peut aussi bien ne pas venir !

— Vous ne savez pas où elle habite par hasard ?

— Pas loin. Dans un hôtel qui fait pension, au bout de la rue des Carterets, une impasse. J'ai été la réveiller une fois, pour un fournisseur qui faisait du pétard...

— Elle a pas un appartement...

— C'est lui, ça. Il avait dégotté un loft, pour frimer, mais c'est terminé, des filles il en a d'autres. Vous verriez le costume, la montre. Une fois qu'il les a rincées, excusez-moi l'expression...

Je suis sorti du bar. La lumière m'a ébloui. La rue des Carterets démarrait à l'angle. Je n'ai eu qu'à marcher quelques mètres pour l'atteindre. C'était une rue assez étroite mais très longue, qui commençait dans le centre piétonnier plutôt bourgeois, pour finir dans un quartier nettement plus populaire dont certains immeubles étaient en démolition. L'impasse était minuscule, et l'hôtel unique. La façade était presque noire, et une interminable crevasse la parcourait de haut en bas. Il avait dû se tasser sur ses fondations et, pour l'empêcher de sombrer davantage, un assemblage de poutres ancrées dans le sol venait soutenir son flanc droit, comme une béquille.

Je me suis arrêté devant la porte d'entrée. Un écriteau indiquait les tarifs, à la journée et au mois. Vu l'endroit, c'était encore cher. J'ai appuyé sur la sonnette extérieure et un individu très corpulent est venu m'ouvrir. Il portait un pantalon trop court et prenait toute la largeur de l'étroit couloir. Drôle de personnage. Son visage le faisait ressembler à un énorme nourrisson. Il m'a évalué d'un œil soupçonneux, avant de libérer la porte, et une fois qu'il a été certain que je ne voulais pas lui piquer sa caisse, ni dealer dans son hôtel, il n'a pas fait de difficultés pour que je monte. Il s'est même excusé de ne pouvoir prévenir mademoiselle Barteau à cause de l'interphone en panne. Personnellement ça m'allait très bien.

Madeleine était logée au dernier étage, sous les combles, là où les tarifs étaient les plus bas. Le gros homme m'avait indiqué le numéro de sa chambre, c'était justement celui qui manquait. Elle est sortie sous mon nez. Elle était en chemise de nuit, avait les cheveux en bataille, les pieds nus. Elle est restée quelques secondes sous le choc.

— J'allais aux toilettes. Entre. J'arrive…

J'ai pénétré dans cette chambre minuscule dont le plafond était boursouflé de cloques. Un lit simple occupait un côté de la pièce et, en face, une plaque électrique était posée sur une table, coincée entre la colonne d'écoulement des eaux usées et une étroite commode. Je me suis assis sur le lit. Un petit vasistas découpé dans le toit était légèrement ouvert. Il diffusait un peu d'air frais autant que de la lumière du jour. Mon regard s'est fixé sur le sac de ma sœur, celui qu'elle emmenait partout. Il était chargé à ras bord, comme si elle allait repartir, ou bien elle ne l'avait même pas défait. J'ai vu qu'un porte-clefs était accroché à une des poignées. Je n'y avais pas prêté attention lors de son passage au pavillon, mais je connaissais cet objet. Elle l'avait toujours eu, petite, il ornait son cartable. Il représentait un héros de dessin animé qui accumulait les malheurs, et j'ai cherché à me rappeler son nom. Elle est revenue des toilettes à ce moment-là. Elle a porté la main à ses cheveux pour les rejeter en arrière.

— Pourquoi tu ne m'as pas prévenue ?

— J'ai pensé que le temps de te joindre, c'était plus vite fait de venir. Je suis passé au bar. J'ai vu le peintre. Il m'a fait un tableau de la situation.

— C'est de l'humour ?

— Involontaire alors.

Elle devait avoir envie de me tuer à cet instant. Je le voyais dans ses yeux. J'avais débarqué dans son monde réel. J'étais si près d'elle que c'en était indécent. Elle ne pouvait pas reculer, ni fuir. Elle s'est agrippée à la commode. Elle a décidé de lutter, malgré tout.

— Si c'est pour ton argent que tu t'inquiètes…

— Je me fous de ça.

— Laisse-moi au moins terminer, Patrice est en train de négocier avec un nouvel associé, on a mal évalué les travaux, ça c'est vrai, mais…

— Arrête.

— Il va revenir et tout va rentrer dans l'ordre. Ce n'est pas le moment de…

— Arrête, Madeleine !

L'impact de ma voix dans la petite chambre l'a touchée en pleine poitrine.

— Tu fais comme maman. Tu ne t'en rends pas compte ? Tu mens pour sauver la face et tu finis par croire à ce que tu dis. Tu choisis des hommes qui te battent ou qui t'humilient, comme elle. Mais ça te regarde. C'est ta vie. Je ne suis pas là pour te juger. Je suis venu pour Léonard. Parce que lui n'a rien à faire là-dedans.

— J'ai toujours protégé Léonard. Tu sais, son père…

— Ce n'est pas toi qui l'as quitté, c'est lui. Tu serais encore avec lui, sinon. Et ton fils serait dans un placard. Comme maintenant !

— C'est horrible ce que tu dis. Il a besoin de se faire soigner, c'est tout.

— Il n'est pas schizophrène.

— Tu es psychiatre maintenant ?

— Il est atteint du syndrome d'Asperger. Ce n'est pas une maladie. C'est une perception différente des choses. Il ne faut surtout pas qu'il soit isolé, c'est la pire des solutions. Il a besoin de deux choses. D'être reconnu comme un être différent, ce que tu n'as pas fait, et ensuite d'être accepté comme il est, ce que tes mecs n'ont pas fait, et toi, dans ce cas, la seule solution que tu trouves, c'est de l'éloigner.

Cette fois elle était sonnée. Je l'ai vu parce que ses mains ont perdu leur appui sur la commode et qu'elle a failli s'effondrer, comme un boxeur dans les cordes.

— C'est lui qui a voulu y aller. Le psychiatre m'a expliqué que c'est ce qu'il avait demandé, avec ses crises.

— Et pourquoi, à ton avis ? Pour se protéger de vous, de moi aussi, qui l'ai laissé partir.

Madeleine a rajusté son peignoir, et nous sommes restés dans le silence, le frère et la sœur, face à face, dans cette pièce minuscule. Le combat était terminé. Les coups avaient été portés, c'était fini. Il n'y avait plus rien à défendre, à cacher. Elle s'est comme relâchée. Sa voix même a changé. Elle est devenue plus humaine.

— Qu'est-ce que tu veux faire ?

— Le sortir de là.

— Tu n'y arriveras pas.

— Fais-moi une procuration. Je me charge du reste.

— Il n'a jamais été comme ça. Il ne joue plus aux échecs. Il a cassé son jeu.

— Fais-moi cette procuration.

35

J'ai cherché un magasin qui vendait des jeux de société. En revenant près de la cathédrale, j'en ai trouvé un facilement. Le vendeur ressemblait à don Quichotte. Il était aussi le propriétaire, et dès que je suis entré, il m'a parlé de sa descendance, c'était son obsession. Il n'avait pas eu d'enfants et il souffrait que son magasin, à sa mort, ne soit pas repris par un fils. Je l'ai écouté poliment, mais j'ai fini par lui dire que j'étais pressé. J'ai perçu sa déception de ne pouvoir davantage se confier, tandis qu'il me présentait sur son comptoir différentes sortes de jeux d'échecs. Je n'ai pas hésité. Un coffret noir, à la fois compact et de qualité, m'a paru le bon choix.

Le centre médico-psychiatrique Marcel-Blanchet était situé au nord de la ville, dans un quartier qui abritait également la fourrière et l'incinérateur. Le plan d'occupation des sols dit parfois beaucoup d'une société. Le bâtiment était une ancienne école qui avait été fermée à la suite d'un incendie, car jugée non conforme, mais pour les malades mentaux, le risque devait être plus acceptable. J'ai montré patte blanche à l'entrée. J'ai présenté la procuration faite par ma sœur, ma pièce d'identité, et je me suis dirigé vers la salle d'attente, comme on m'avait convié à le faire. C'était l'heure du déjeuner pour les patients, et ils étaient tous à la cantine. Je ne pourrais voir mon neveu qu'après. Lorsque j'ai enfin trouvé une chaise qui n'était pas bancale, ce qui m'a pris un certain temps, j'ai ouvert le cahier que Léonard avait laissé dans sa chambre après son départ. J'avais besoin de réviser un peu. Je me suis plongé dans son univers, les diagonales et les attaques indirectes, les défenses inversées, tout ce qui constituait l'art des échecs, qu'il maîtrisait jusqu'à le rendre accessible. J'ai oublié cet endroit, et tout ce qu'il pouvait avoir d'inquiétant, au point que j'ai sursauté quand l'infirmière est venue me chercher.

Je l'ai suivie à travers des couloirs qui n'étaient pas loin du labyrinthe. Il m'a semblé qu'elle était agacée par ma démarche et qu'en m'informant de la situation psychique de Léonard, selon elle préoccupante, elle sous-entendait que l'extraire du centre n'était pas la bonne décision. Je ne lui ai pas répondu. Elle s'est arrêtée brutalement, comme si son esprit s'était dissipé en chemin et qu'elle avait oublié le but de ce convoyage. Elle a déverrouillé une porte et m'a prié d'entrer. Léonard était là, de dos, assis sur un banc.

Je me suis installé à côté de lui, mais pas trop près, et d'abord je n'ai pas parlé. Ça m'a rappelé les premiers temps de notre relation. Mais ce n'était pas un problème, j'étais arrivé jusqu'à lui. J'ai attendu encore un peu, puis j'ai considéré que c'était le moment. J'ai sorti le coffret de mon sac et l'ai posé entre nous deux. Bien sûr, il n'a pas regardé. Mais il savait très bien de quoi il s'agissait.

— Tu vois. Je suis venu pour tenir ma promesse.

Il n'a pas répondu dans l'instant. Il fixait l'horrible baie vitrée, couverte de poussière, qui ouvrait sur un jardin d'enfants transformé en champ de mines.

— Je ne joue qu'avec de bons joueurs. Sinon je m'ennuie.

— Et je n'en suis pas un ?

— Non.

— Comment tu peux le savoir, si on ne fait pas une partie ?

— Il faut des années pour apprendre.

— Parfois on gagne un peu de temps avec un bon professeur.

— Vous avez un professeur ?

— J'ai son cahier. Il me l'a donné.

— Moi je dis qu'il l'a oublié.

— Peut-être. Peut-être pas.

Léonard continuait de regarder fixement devant lui. Son visage était impassible, mais maintenant que je le connaissais mieux, je voyais des signes qui m'avaient échappé au début. Ses cils battaient. Il devait être soumis à un choix, à une difficulté à résoudre.

J'ai ouvert le coffret et commencé à disposer les pièces. C'était du bois précieux, un travail d'artisan. L'homme sans descendance ne s'était pas moqué de moi en me vendant ce modèle. Léonard a modifié sa position, lentement, pour faire face à l'échiquier. Puis il a attendu que j'entame la partie. En six coups, je me suis retrouvé mat.

— Vous voyez, je vous ai écrasé.

— Ça ne veut pas dire que je suis un mauvais joueur. C'est juste que tu es très bon. J'aimerais en faire une autre.

— Vous allez encore perdre.

— Je sais.

— Ce n'est pas humiliant ?

— Non. J'apprends beaucoup.

Il a levé les yeux vers moi. Je n'espérais pas qu'il le fasse si vite. Je l'ai laissé commencer, cette fois, et il a gagné, bien sûr. Mais ça m'était égal.

36

J'ai appelé Catherine en faisant le plein dans une station-service. Je lui ai dit que je ramenais Léonard. Ma mère s'était réveillée et elle avait même fait quelques pas dans le couloir. Elle avait toute sa tête d'après le docteur Vandrecken. Elle voulait faire un bon repas et avait donné des consignes pour cela à Catherine, en l'appelant « sa bru ». Un gigot nous attendait, avec des pommes de terre sautées, le plat préféré de Gabrielle Barteau, née Lemoine. Quant à nous, nous avions une mission, rapporter des gâteaux, dont un vrai mille-feuille pour ma mère.

Sur la route, Léonard m'a demandé des nouvelles de l'équipe. Je l'ai informé du résultat déplorable du match contre le FC Valenciennes. Je n'ai pas insisté sur la prestation de Favelic. Nous avons plutôt parlé de tactique, du danger de défendre trop bas et en trop grand nombre, ce qui revenait à couper l'équipe en deux et à isoler les attaquants.

— La peur fait perdre, a dit Léonard.

J'étais d'accord avec lui. Il s'est inquiété de quand commençait le championnat et quand il a su qu'il restait une semaine, j'ai bien senti qu'il évaluait ses chances de retrouver sa place. Mais je n'ai pas voulu en parler, tirer des plans sur la comète, ça dépendait de tellement de choses. J'ai pensé à ma sœur dans sa chambre d'hôtel, avec sa plaque de cuisson sur une table et les toilettes sur le palier. J'ai retrouvé le nom du personnage sur son porte-clefs. C'était Calimero. Le poussin noir qui porte une coquille en guise de chapeau et n'a que des emmerdements.

Nous avons écumé les pâtisseries de Sedan à la recherche d'un mille-feuille honorable. Nous avons trouvé beaucoup d'imitations, mais aucune ne nous a réellement convaincus, jusqu'à ce que nous tombions, en nous perdant dans les rues, sur une simple boulangerie qui ne proposait que deux sortes de gâteaux, des babas au rhum et des mille-feuilles. Léonard a demandé à goûter la crème, de cette voix qui pouvait agacer, et j'ai cru que nous allions nous faire jeter dehors, mais contre toute attente, la boulangère nous a emmenés dans l'arrière-boutique où son mari confectionnait les gâteaux, et cet homme qui avait une tête à faire peur et devait bien mesurer un mètre quatre-vingt-dix a sorti d'un compartiment frais une pleine jatte de crème pâtissière. Évidemment, c'était la bonne, et nous avons raflé ce qui restait dans la vitrine.

Il n'avait jamais régné ce genre d'odeur dans le pavillon. Celle d'une viande grillée, de pommes de terre qui mijotaient, de dimanche en famille. Catherine Vandrecken était vraiment une personne étonnante. Maintenant j'avais devant moi une maîtresse de maison, le torchon sur l'épaule, qui coupait finement de l'ail frais.

— Vous devriez vous acheter de bons couteaux.

— Ça sent incroyablement bon.
— J'espère bien.

Léonard s'est assis sur le bord du lit et a posé sa main sur celle de sa grand-mère. Elle a ouvert les yeux, comme si elle n'attendait que ce signal. Ce qui s'est passé à ce moment m'a semblé défier l'entendement. Mieux que la morphine, mieux que tout, la présence de Léonard a redonné à ma mère une force suffisante pour se redresser. Elle voulait aller dans le jardin. Elle voulait manger dehors, profiter du soleil. J'ai commencé par lui répondre qu'il fallait être raisonnable, mais elle m'a forcé à sortir, à me rendre compte du temps qu'il faisait, et j'ai été obligé d'admettre que c'était une de ces journées d'automne qui ressemble à un printemps.

Je n'ai pas eu à parlementer avec Catherine qui avait entendu la requête de ma mère, à distance, et tenait déjà un côté de la table de cuisine. J'ai pris l'autre, et nous l'avons installée sur la terrasse, à l'arrière de la maison, puis Léonard a mis le couvert. C'était le milieu de l'après-midi, mais personne ne s'en souciait. Nous avions faim.

Nous nous sommes attablés, Léonard à côté de sa grand-mère, Catherine et moi en face. J'ai coupé le gigot, et nous l'avons dégusté sans parler. Ma mère a voulu goûter le vin. Un côte-rôtie qui avait l'âge de Léonard. Elle en a renversé un peu sur son chemisier. Elle a ri comme une gamine. Elle avait le soleil dans le dos. Elle était bien. Elle a complimenté Catherine pour son plat, me disant que j'avais bien de la chance. J'ai tenté de la dissuader de nous croire mariés, en vain. Soudain, elle a changé de visage pour demander la raison de l'absence de Madeleine.

J'ai parlé de son nouveau travail qui était très prenant, et j'ai ajouté qu'elle viendrait dès qu'elle pourrait. Ma mère a paru pensive, puis elle a changé de sujet pour raconter à Léonard comment, à l'âge de cinq ans, il la battait régulièrement aux dames. Il a fait semblant de ne pas s'en souvenir. J'ai débarrassé la table avec Catherine, et nous avons fait la vaisselle ensemble. Je lavais, elle essuyait.

— Merci, lui ai-je dit.

— Cette chemise vous va très bien.

J'avais mis la main sur cette chemise blanche, dans mon placard, juste avant le repas. Je ne l'avais jamais portée et elle avait encore les marques du pliage. Nous avons préparé les assiettes à dessert et disposé les gâteaux dans un plat. Mille-feuille ou baba, au choix.

Au retour sur la terrasse, ma mère était debout. Ça me semblait irréel, mais c'était vrai. Léonard se tenait à ses côtés. Elle contemplait ce bout de jardin comme s'il s'agissait de l'océan Pacifique.

— Je voudrais marcher un peu avec toi, m'a-t-elle dit.

Elle a senti ma réticence, mais elle s'est agrippée à mon bras.

— Jusqu'au bout du jardin, pas plus. S'il te plaît.

Nous avons marché sur le tapis de feuilles mortes, provenant des arbres alentour. Nous avons atteint l'extrémité du terrain, presque facilement. Ma mère ne pesait rien, et son pied n'était pas hésitant. Elle a voulu continuer, en longeant la clôture, jusqu'à un cerisier sous lequel était placé un banc aux pieds rouillés, au bois vermoulu, mais qu'un rayon de soleil éclairait.

Elle s'est assise, sans me laisser le choix. De là, elle pouvait voir la cour et entendre Catherine et Léonard se chicaner en mettant les assiettes à dessert sur la table.

— Quand j'étais petite, a dit ma mère, j'avais une maison de poupées et des personnages en chiffon. Je jouais à la famille Rapon. C'est le nom que je leur avais donné. J'adorais cette maison. Mais dans un déménagement, la maison s'est cassée et je n'ai pas retrouvé les personnages en chiffon. Je les ai cherchés pendant des années... Je voulais... une famille tu sais. Je n'avais pas été élevée par mes parents. J'étais prête à tout pour garder cette famille...

— On n'a pas besoin de parler de ça.

— Si. Je veux en parler.

Sa bouche tremblait. Elle serrait les poings. J'ai senti que je ne devais pas l'en empêcher.

— J'ai vu que ton père devenait fou. Mais j'ai cru que je pouvais garder ma maison, que ça s'arrangerait. J'ai éloigné Madeleine. L'internat, c'était pour ça. Toi, j'ai pensé... tu étais si fort, déjà tout petit. J'ai pensé, de toute façon, il partira, il n'a besoin de personne...

— Tu l'as pensé vraiment ?

— Oui.

Le soleil a disparu. Tout d'un coup, il a commencé à faire plus frais sous l'arbre nu.

— Il faut revenir à table, maman...

— Attends encore un peu. J'ai un regret. Je ne t'ai jamais pris dans mes bras et, maintenant, je ne peux plus...

Nous étions sur ce banc, tous les deux. J'ai passé mes bras autour d'elle.

— Tu le fais pour moi...

— Oui. C'est mon tour.

Nous sommes restés comme ça, immobiles, sous le cerisier, puis un frisson l'a traversée.

— Ça te fait mal ?

— Non.

— Viens manger ton mille-feuille.

Il y avait encore un rayon qui éclairait la terrasse. Ma mère a coupé son gâteau. Elle était experte en mille-feuille. Elle l'a fait basculer sur le côté afin que le couteau, en le tranchant, ne chasse pas la crème du feuilleté.

— C'est un vrai, a-t-elle constaté.

Je me suis levé pour faire un café. J'ai placé le filtre et rempli d'eau le réservoir. J'ai entendu un cri étouffé et je me suis précipité. Ma mère était tombée de sa chaise sans prévenir, et Catherine tentait de la redresser, mais son corps était inerte et ses yeux absents. Je l'ai portée dans son lit, tandis que Catherine appelait son ami, le docteur Mérieux. À peine un quart d'heure plus tard, il était là. Il a passé un long moment dans la chambre, puis il est ressorti pour nous donner son diagnostic. Elle ne reviendrait pas à la conscience. C'était la fin.

— Combien de temps ?

— Quelques heures, la nuit peut-être.

— Est-ce qu'elle souffre ?

— Non. Plus maintenant.

37

J'avais perdu de vue mon téléphone. Quand je l'ai retrouvé, je me suis rendu compte que ma sœur avait laissé un message. Elle commençait à parler, puis elle y renonçait, laissait un grand blanc, et finalement elle précisait que le numéro qui s'affichait était le sien, qu'enfin elle s'était acheté un portable. Je l'ai rappelée aussitôt et je suis tombé sur son répondeur. J'ai essayé d'être clair et concis. Notre mère allait mourir dans la nuit. Elle avait sombré dans le coma si soudainement que je n'avais pu la prévenir plus tôt.

Léonard s'était réfugié dans sa chambre, et Catherine l'y avait rejoint. Il avait posé sa tête sur sa poitrine. Elle parlait avec lui doucement.

Je suis retourné auprès de ma mère. Parfois sa respiration s'emballait, puis elle redevenait régulière. J'ai vu que sa bague était presque partie de son doigt, je l'ai rajustée. Mon père la lui avait offerte pour leurs quinze ans de mariage, en accompagnant ce cadeau de toute une mise en scène. Il avait fait laver la voiture. Il avait emmené ma mère dans un restaurant chic, tandis que nous étions restés à la maison, livrés à nous-mêmes. Mais c'était seulement des années plus tard que j'avais compris le sel de l'histoire, en croisant par hasard le bijoutier qui lui avait vendu cette bague. Il était désormais à la retraite et il m'avait reconnu, pour m'avoir si souvent chassé du seuil de son magasin où je m'arrêtais pour déguster la glace que j'avais achetée à la boulangerie, en face. À l'époque il m'accusait de faire fuir le client, mais maintenant de tout cela il s'en fichait. J'étais devenu un précieux témoin de sa vie active, et il m'avait confié, comme on le fait à un ami, que la fameuse bague était en toc. Et il avait ajouté que malgré son coût modeste, pour un bijou qui faisait son effet, mon père avait demandé à le payer en trois fois et qu'il n'avait jamais vu la couleur du dernier versement.

Catherine est entrée dans la chambre et s'est placée à ma hauteur. Elle a vu ma main posée sur celle de ma mère et elle nous a laissés seul à seul. J'avais écouté Gabrielle sous le cerisier nu, je lui répondais maintenant, sans que personne puisse entendre mes paroles.

J'ai fermé la porte de la chambre en sortant. J'ai traversé le couloir. Léonard s'était endormi. J'ai rejoint la cuisine. J'avais envie de vin. La porte de derrière était ouverte. J'ai emporté mon verre. Catherine était assise face à la nuit. Sur la table, les gâteaux étaient encore là, le millefeuille de ma mère, un peu entamé.

— Alors ?

— Elle paraît tranquille. Et Léonard ?

— Il voulait savoir ce que devient le corps après la mort. Ce qu'on en fait dans les cimetières, si la boîte pourrit dans la terre, si on la déplace, ce genre de choses.

— Je pense qu'il voulait aussi votre chaleur.

J'ai allongé mes jambes sur une chaise. J'ai vidé mon verre d'un trait. Je sentais l'effet du nectar dans tout mon corps. Une chouette s'est fait entendre au loin. De l'autre côté de la clôture, il y avait une rangée de pavillons, mais après, c'était la campagne. Je ne m'en étais jamais rendu compte.

— Vous commencez à apprécier le vin.

— Oui.

— Vous devriez goûter le baba au rhum. Vous pensez que votre sœur va venir ?

— Ça la regarde. Je n'ai pas été à l'enterrement de mon père, vous savez. J'avais fait une croix. Et vous ?

— Moi ?

— Vos parents, ils sont vivants ?

— Non.

— Il y a un rapport avec la petite fille effrayée ?

— Bien sûr. Ma mère allait toujours se promener sur les quais de la Seine avec ma petite sœur, Lucie. Nous vivions dans le sixième arrondissement de Paris, dans un appartement bourgeois, on peut le dire. Mon père était un architecte reconnu, ma mère ne travaillait pas mais elle semblait très heureuse de ce statut. Mon père ne savait pas quoi faire pour la gâter. Il n'y avait pas un jour où il ne lui offrait pas un cadeau. Elle était très coquette, toujours en beauté. Elle a sauté dans la Seine en tenant la main de ma petite sœur. On a retrouvé le corps de Lucie trois jours plus tard, dans une écluse, ma mère jamais. Est-ce qu'elle préparait ce geste depuis longtemps ? Est-ce qu'elle a cédé à une impulsion ? Impossible de le savoir. Aucun indice. Pas d'histoire familiale douloureuse, pas d'ambition contrariée. La génétique peut-être ? Mon grand-père maternel s'était suicidé avec son fusil de chasse. Mon père était un homme attaché à la logique. Il n'a pas supporté de ne pas connaître la cause du suicide de sa femme. Son corps a cédé, une leucémie, en six mois, il était parti, alors que je le croyais indestructible. Il n'avait jamais eu un rhume. Moi, je me suis accrochée à mes études, aux livres, à la connaissance, comme à un radeau.

— Comprendre.

— Oui, essayer au moins. Vous savez... pendant des années, une pensée m'a hantée... ma petite sœur se voyant entraînée dans l'eau...

— Ils se noient. Et ils veulent nous entraîner avec eux...

— Qui ?

— Nos parents.

— Quand nous nous sommes rencontrés, à l'hôpital, la nuit suivante, j'ai rêvé de vous. Vous étiez sur ce quai. Vous avez pris Lucie dans vos bras. Elle était sauvée.

— C'était juste un rêve.

— Parfois c'est possible, non ?

— Il faudrait déjà se sauver soi-même.

— Vous me trouvez impudique ?

— Non, je voudrais avoir votre courage.

— Je vous fais toujours peur ?

— Un peu moins.

38

Madeleine est arrivée tard. Elle avait pris le dernier train à la gare de Reims, avec un changement à Charleville. À Sedan, elle avait marché avant de trouver un taxi. Ses cheveux étaient en paquets, et pas de fond de teint cette fois, juste son vrai visage. Elle est allée embrasser Léonard et remonter sa couverture, puis elle est entrée dans la chambre de notre mère. Je les ai laissées se débrouiller toutes les deux. Elle devait avoir des choses à lui dire, elle aussi. Le temps que je me retourne, Catherine avait enfilé son manteau.

— Vous partez ?

— Je dois passer au cabinet.

— À cette heure ?

— J'ai tout laissé en plan. Je dois mettre un peu d'ordre pour demain.

Elle s'est approchée de moi, j'ai cru qu'elle allait m'embrasser, mais c'était pour rajuster mon col de chemise.

— Et puis si nous devenons trop proches, vous n'allez pas aimer ça. Je préfère m'éloigner de moi-même. J'ai mon orgueil, vous savez.

J'ai regagné la cour pour finir de débarrasser. La température avait nettement chuté et la toile cirée scintillait d'une humidité glacée. J'ai mis les gâteaux au frais. J'ai soudain pensé à la fuite d'eau. J'ai ouvert le placard de l'évier, le seau était presque plein. Je m'en suis emparé pour le vider. Ma sœur est sortie de la chambre à ce moment-là.

— Qu'est-ce que tu fais avec ce seau ?

— J'ai une fuite et je ne peux pas fermer l'arrivée d'eau au compteur. Ça se met à vibrer et à faire un boucan pas possible...

— Ta chaudière, elle est où ?

— À la cave.

— Par où on y accède ?

— La porte à côté de l'entrée.

— Tu me remplaces auprès de maman, je vais jeter un œil.

Elle était déjà dans l'escalier. Je suis retourné auprès de ma mère. Je me suis rendu compte que sa perruque avait légèrement glissé sur le côté du crâne. J'ai essayé de la rajuster, mais ma main a ripé, et j'ai senti qu'elle se décrochait complètement. Je me suis retrouvé avec ce bol de cheveux synthétiques entre les mains, et la tête de ma mère, nue, sur l'oreiller. En accompagnant un copain à la maternité, il y a quelques années, j'avais été frappé par le fait que les nouveau-nés, dans les premières heures après l'accouchement, avaient des têtes de vieillard. Là, c'était exactement le contraire. C'était un vieillard avec une tête de nouveau-né. J'ai rajusté la perruque comme j'ai pu. Je n'ai plus touché à rien. Des profondeurs de la maison, des bruits étranges me parvenaient, qui se sont transformés en un sifflement inquiétant, puis d'un coup, le silence est revenu. Peu après ma sœur m'a fait signe de la rejoindre dans la cuisine. Elle avait les mains noires et elle les frottait vigoureusement avec une brosse. J'ai vu que le seau était à côté d'elle. J'ai voulu le remettre en place.

— T'en as plus besoin.

— Tu as coupé l'eau ?

— J'ai réparé la fuite, c'est mieux. Ces pâtes miracles, c'est de l'arnaque, il faut mieux changer la pièce directement. Tu n'avais pas vu que tu en avais tout un stock à la cave, des coudes, des droites, des colliers ?

— Non. Je n'y vais jamais.

— Et pour les vibrations, c'est réglé aussi. En gros le robinet qui devait être fermé était ouvert, et celui qui devait être ouvert était fermé.

Elle parlait de plomberie avec un naturel confondant, un peu comme Léonard des échecs.

— Ah oui, et ta porte de cave, c'est une horreur. Il faudrait lui mettre un coup de rabot.

— Je déteste bricoler.

— À cause de papa ?

— Ça n'a rien à voir.

— Ah oui ? Moi j'adore ça. Tu ne te souviens pas que je te réparais tes camions ? Tu me les apportais. C'était hors de question que je ne réussisse pas à le faire. Tu m'appelais Réparator.

— Aucun souvenir.

— Sérieux ?

— Sérieux.

— À quatorze ans je voulais faire un CAP de carrosserie. Je m'étais renseignée, ils prenaient des filles, j'adorais former la tôle.

— Alors pourquoi le secrétariat ?

— Pour faire plaisir à maman. Son idée, c'était que je devienne secrétaire de direction et que je me marie avec mon patron. Elle y croyait dur comme fer.

— Ce n'est pas exactement ce qui s'est passé.

— Non. Pas exactement.

Elle s'est essuyé les mains. Elle était en sueur, mais elle avait deux fois plus de force qu'en arrivant.

— Pourquoi tu ne resterais pas ?

— Hein ?

— Rien ne marche dans ce pavillon. Tu le remettrais en état. Tu ferais ton Réparator. Ça te donnerait le temps de te retourner. De réfléchir à ce que tu veux faire vraiment…

— Je ne veux pas vivre à tes crochets.

— Qui te parle de ça ? Tu fais un boulot et je te paye. Tu sais, ça gagne bien un entraîneur, et je ne dépense rien.

— C'est sûr que c'est pas les costumes…

— Comment ?

— Rien. C'est gentil mais je dois retourner à Reims, je dois aller au bout de…

— Au bout de quoi ? De te faire taper dessus ? Au bout, comme maman ?

Les larmes lui sont soudain montées aux yeux. Quelque chose en elle avait envie de croire à une autre vie possible, mais elle n'y parvenait pas.

— Ne pense pas que c'est pour toi. C'est une proposition qui m'arrange. Si je n'ai pas Léonard dans mon équipe, on va se faire pulvériser en championnat, mais sans sa mère, ça ne marchera pas longtemps. C'est un génie, mais c'est quand même un gosse…

— Il est si bon que ça ?

— Tu n'imagines même pas.

— En réalité, c'est par calcul que tu fais…

— Bien sûr.

— Tu as toujours ton cœur de pierre.

— Oui.

— J'ai eu peur que tu changes.

C'est à ce moment que Léonard est apparu. On ne l'avait pas entendu venir. On aurait dit un petit fantôme. Son visage était impassible. Sa voix posée. En se réveillant, il était allé voir sa grand-mère.

— Je crois qu'elle ne respire plus, a-t-il dit.

39

Trois jours plus tard nous avons porté en terre Gabrielle Barteau, née Lemoine, au cimetière de Saint-Quentin, où elle avait acheté une concession à la mort de mon père. Il n'y avait que ma sœur et moi pour voir la boîte descendre dans le trou et se poser à côté de celle d'André, Abel, Barteau. Après que la dalle a été refermée, Madeleine est allée acheter un géranium pour la garnir un peu, et nous avons mangé des sandwichs, assis sur la tombe. Je me suis souvenu du conseil que lui avait donné ma mère de devenir secrétaire de direction et d'épouser son patron. Je n'arrivais pas à croire qu'elle ait pu lui dire ça.

— Elle était con quand même, a dit ma sœur.

Elle a porté la main à sa bouche aussitôt après avoir prononcé ces mots sacrilèges, comme si la foudre divine allait tomber sur nous. Mais il n'y avait pas un nuage dans le ciel, le soleil donnait envie d'ôter sa veste, et la punition n'est pas venue.

Ensuite je suis parti à Reims récupérer les affaires de Madeleine dans l'hôtel de la rue des Carterets. Nous avions convenu avec ma sœur que j'irais seul, au cas où Patrice serait dans les parages et qu'il se montre violent. Mais quand je suis passé devant le bar, juste pour jeter un œil, j'ai vu que les scellés avaient été posés.

L'ouverture du championnat approchait à grands pas. Léonard a retrouvé le chemin du vestiaire et j'ai pu mesurer dans le regard de ses camarades à quel point ils étaient soulagés qu'il revienne. Leur cher Martien. Lors de l'entraînement qui a suivi, j'ai pu également vérifier cette chose qu'on dit à propos du talent, qu'il fait tache d'huile. Léonard, par son absence, avait fait réfléchir les garçons à ce supplément d'âme qui manquait à leur jeu, et son retour les poussait à se donner davantage. Cosmin avait toujours été brillant, mais jusqu'à présent cette virtuosité se limitait à son confort personnel. Il se ménageait des espaces, il monopolisait le ballon, mais au fond il était rarement décisif. J'ai eu soudain le sentiment que son jeu pouvait évoluer dans une direction plus collective, alors que j'avais abandonné cet espoir. Rouverand lui-même, qui ne mesurait un match qu'au nombre d'occasions de marquer, s'est par instants mué en un avant-centre digne de ce nom, qui ne se contentait pas d'attendre un ballon dans la surface et se montrait capable de participer à une véritable offensive, construite par toute une équipe. Il n'en restait pas moins que Châteauroux, que nous devions affronter pour ce match inaugural, était une montagne un peu haute pour nous. Leur équipe première jouait le podium en D2, avec de grandes chances de remonter en D1, et leur centre de formation était considéré comme une pépinière fournissant des talents à la France entière.

Le grand jour est arrivé. Le club avait mis à notre disposition le stade Auguste-Deylaud, dont la pelouse était un billard. Nous y sommes allés en minibus et nous avons investi le vestiaire, qui nous a semblé bizarrement grand, au regard de notre groupe, somme toute réduit. J'avais pris une décision. Cosmin serait capitaine. C'était un pari, j'en avais conscience. Il pouvait soit grandir encore, avec cette responsabilité, soit se laisser aller à ses démons, justement parce qu'il se sentait distingué de ses camarades. Lui et moi avons effectué une rapide reconnaissance du terrain pour évaluer sa souplesse, choisir le type de crampon adapté. J'ai scruté le ciel au-dessus de nous. De lourds nuages venaient de l'est.

Le public était nombreux dans les tribunes et au bord de la pelouse. Les membres dirigeants du club étaient venus voir à quoi pouvait ressembler l'avenir, et la plupart des parents étaient là. Tout ce beau monde allait me porter en triomphe ou demander ma tête dans moins de deux heures.

Catherine Vandrecken est arrivée en compagnie de ma sœur. Elle portait un imperméable et une casquette qui lui donnait un air espiègle. Je suis resté à distance et j'ai vu que Meunier se présentait. J'ai pensé qu'il ne perdait pas de temps. Tandis qu'il lui parlait, Catherine a croisé mon regard et m'a fait un petit signe. Je lui ai répondu d'un mouvement de tête et je suis entré dans le couloir du vestiaire. J'ai opté pour une causerie très courte. Les garçons avaient suffisamment peur de leurs adversaires pour être concentrés. J'ai insisté sur un point, ne pas jouer trop bas, ne pas subir, comme nous l'avions fait contre Valenciennes, aller de l'avant, au contraire, et j'ai aussi parlé de la météo qui pouvait avoir un rôle déterminant. J'étais persuadé que la pluie se mettrait à tomber très vite, et j'ai encouragé mes joueurs à jouer à fond le premier quart d'heure, sur terrain sec, pour être capables de temporiser par la suite, si les conditions de jeu devenaient difficiles.

Les garçons sont sortis du vestiaire en faisant claquer leurs crampons, Léonard en dernier. Je l'ai retenu par le maillot. C'était son premier match officiel. J'ai insisté sur la nécessité de garder son contrôle, quoi qu'il puisse se produire, mais je lui ai bien précisé que mon avertissement n'était pas lié à son Asperger, c'était juste que tout footballeur débutant en compétition ne réalisait pas forcément les conséquences d'un mauvais geste ou d'un mot de trop à l'arbitre.

Les joueurs sont entrés sur le terrain. Ceux de Châteauroux mesuraient en moyenne dix centimètres de plus que les miens, et leur développement musculaire était à l'avenant. Les capitaines ont échangé les fanions et les deux équipes se sont mises en place. J'ai croisé Madeleine en rejoignant le bord de touche. Elle avait fait couper ses cheveux et repris sa couleur naturelle.

— Elle est belle, non ?

— De qui tu parles ?

— Tu le sais très bien, de Catherine. Ça tient toujours votre amitié ?

— Plus que jamais.

Le match a commencé par un coup de théâtre. Sur le ballon de l'engagement, Bensaid a servi Cosmin, qui d'une frappe aérienne a cherché Rouverand, par-dessus le rideau défensif adverse. Il y avait une chance sur dix que ça fonctionne, mais le ballon est arrivé juste devant Kevin, qui ne s'est pas posé de question pour expédier un missile plein axe, alors que le goal de Châteauroux était en train de s'étirer, et le pauvre garçon a vu la balle frôler son épaule sans réagir. 1 à 0 pour nous. Le coup parfait. Toute autre équipe que celle de nos adversaires aurait probablement été assommée après une telle entame, mais là, on aurait dit qu'on avait déclenché une machine infernale. La puissance et l'organisation de Châteauroux se sont mises en mouvement pour déferler sur le but de Léonard. J'ai alors pensé, et toutes les personnes présentes au bord du terrain également, que notre avantage allait fondre en un instant. L'écart entre nos adversaires et nous, en termes de potentiel athlétique, autant que d'organisation sur le terrain, était trop criant. Sauf que ce n'est pas exactement ce qui s'est passé. Châteauroux accumulait les occasions, en vain. Parfois le ballon frôlait la barre, ou dépassait d'un rien la tête d'un attaquant démarqué, mais il ne rentrait pas dans la cage. Et quand enfin le but semblait ouvert, l'irrémédiable en marche, c'était Léonard qui s'interposait, grâce à l'une de ses lumineuses anticipations, qui étaient en train de devenir sa marque de fabrique.

La pluie s'est mise à tomber, et la tension est devenue palpable sur le terrain. Si le but de retard n'avait en rien perturbé Châteauroux, au contraire, il avait décuplé ses forces, le fait de ne pas revenir au score rapidement, ni même en persévérant, augmentait la frustration chez nos adversaires. Un premier tacle assassin sur Mutu a donné le ton d'un match qui venait de basculer dans une agressivité hors de proportion. Châteauroux ne pouvait pas perdre, mais sa patience était à bout, son orgueil blessé. Ses joueurs poussaient de plus en plus, l'atmosphère s'alourdissait. Ils ont bénéficié d'un corner. À la retombée du ballon, Léonard était idéalement placé et s'apprêtait à s'en saisir, quand un pied s'est porté à la hauteur de son visage avec une violence inouïe. C'était celui de l'avant-centre adverse, un blond à l'allure de pitbull, qui s'était lancé dans une reprise plus que hasardeuse, avec la volonté évidente de faire mal à celui qui leur résistait depuis trop longtemps. Léonard s'est écroulé sans toutefois lâcher le ballon. Je me suis précipité. Je n'ai pas réfléchi une seconde. L'arbitre avait-il sifflé ? Je m'en fichais. J'ai couru comme au ralenti vers mon neveu, et je suis entré dans la surface de réparation. Un début de bagarre a éclaté entre l'avant-centre adverse et Marfaing. D'autres joueurs s'en sont mêlés, la confusion était totale. J'ai traversé cette furia pour atteindre Léonard. Il tentait de se relever mais personne ne s'intéressait à lui, tant la bagarre focalisait l'attention de tous. Il était là, à genoux, vacillant un peu, mais son visage restait d'un calme absolu, alors qu'il était couvert de sang. J'ai voulu aller jusqu'à lui, mais à ce moment on m'a saisi fermement par le bras pour me retenir. Je me suis dégagé rageusement pour affronter celui qui voulait m'empêcher de porter assistance à mon neveu, et je lui ai hurlé ma colère à la face, ma peur aussi, à cause de l'agression qu'il venait de subir. Toutes les insultes que je connaissais y sont passées.

L'arbitre était face à moi. C'était lui qui avait retenu mon bras, lui qui était en train d'évaluer ma dangerosité et la richesse de mon vocabulaire. L'homme en noir n'a pas hésité longtemps. Il a fait un pas en arrière, sorti de sa poche un carton rouge et m'a désigné les vestiaires, tandis que ses assistants tentaient de me maîtriser. Je me suis tourné vers Léonard, il était toujours au même endroit, comme figé, tellement il était imprégné de la recommandation que je lui avais faite, avant le match, de toujours garder son contrôle. J'ai été projeté hors du terrain et raccompagné jusqu'aux vestiaires. Assis sur un banc, j'entendais la rumeur du stade, les protestations, les sifflets, qui ont duré encore plusieurs minutes avant que le match, apparemment, reprenne. J'ai donné un coup dans la porte et je me suis fait mal. J'ai crié, seul dans ces vestiaires froids. J'ai marché de long en large comme un animal en cage, puis j'ai fini par me rasseoir sur le banc. Catherine est entrée. Il ne manquait plus qu'elle.

— Alors ? lui ai-je demandé.

— Le match a repris.

— Et Léonard ?

— Il est à sa place. C'était juste l'arcade. C'est plus impressionnant que dangereux.

— Vous avez vu cette agression ! C'est inadmissible, et ce con d'arbitre qui me vire, et l'autre, l'avant-centre, il l'a sorti ?

— Non.

— C'est un scandale !

— Vincent, ça ne sert à rien de s'énerver…

— Mais comment on peut ne pas s'énerver contre une injustice pareille ! Il a failli se faire décapiter par ce tueur !

— Vous l'aimez, ce gosse.

— Quoi ?

— Vous l'aimez.

— Il ne s'agit pas de ça ! Vous ne comprenez rien ! Il était dans la surface de réparation !

— La surface de quoi ?

— De réparation !

— C'est intéressant.

— Vous vous fichez de moi, là ?

— Je ne me permettrais pas.

— Oh si, je vous vois venir, madame la psychiatre, mais moi je ne joue pas avec les mots, je vous parle des règles du football, de la déontologie du corps arbitral ! Des bases qui font que tout s'écroule si on bafoue ces principes ! Et là on les bafoue, vous comprenez ?

— Vous avez une éraflure...

— Hein ?

À ce moment Catherine s'est approchée de moi. J'ai eu un petit mouvement de recul.

— Je ne vais pas vous faire du mal, montrez-moi ça.

— C'est rien ça, c'est quand ils m'ont sorti du terrain, je me suis débattu...

— Ils ont marqué un deuxième but, vous savez. Celui qui s'appelle Cosmin.

— Hein ? Un deuxième but. Et vous ne me pouviez pas me le dire plus tôt !

— Il aurait fallu que vous m'en laissiez le temps. Il faudra quand même désinfecter. Vous êtes à jour dans vos vaccins ? Je suis sûre que non.

— Ce n'est rien, je vous dis !

Elle était tout près de moi. Sa casquette était un peu relevée. Elle m'a embrassé par surprise.

— Vous venez de faire quoi, là ?
— Je vous ai embrassé.
— Vous n'avez pas le droit de faire ça.
— Il y a des règles aussi ?
— Bien sûr ! Il y a des règles pour tout.

40

C'est le premier jour du printemps. Léonard s'est nommé lui-même responsable du jardin. Depuis le début d'après-midi, il ratisse soigneusement les feuilles mortes en prenant soin de garder les plus belles pour les faire sécher dans un grand livre. Je le soupçonne de vouloir éprouver ce que ressentent les enfants neurotypiques, ceux qu'on dit normaux, en se livrant à ce genre d'activité simpliste. Il se passionne depuis peu pour les particules, et précisément pour le boson de Higgs. Il m'a demandé de lui acheter tout ce que je pouvais trouver de sérieux sur la naissance de l'univers, et j'ai vu qu'il consacrait un cahier tout neuf à cette question. Il me semble que sa manière de jouer au football est influencée par cet intérêt naissant pour le cosmos. Il est de plus en plus à l'aise sur les balles aériennes, les trajectoires flottantes.

Ma sœur est en train d'enduire les murs de la chambre de son fils. J'entends à distance sa spatule qui racle la surface poreuse avec régularité et précision. C'est incroyable comme elle avance vite, une fois qu'elle a décrété un chantier. Hier, elle décollait l'horrible papier peint. La semaine dernière, elle a refait l'électricité. Demain, elle compte s'attaquer à sa propre chambre en abattant le mur côté jardin à la masse pour y aménager une baie vitrée. Bien sûr cette fièvre du bricolage n'est pas sans inconvénients. Il est assez difficile, à certains moments, de retrouver une chose à l'endroit où elle était la veille. Au début ça m'a terriblement gêné, mais de plus en plus, je m'adapte. C'est la théorie des boîtes chère à Catherine Vandrecken qui fait son chemin dans mon étroit cerveau de sportif. Avoir peu de boîtes, savoir toujours exactement où elles sont, permet à l'homme de s'adapter rapidement à son environnement, mais par contre, cette simplicité le limite, car elle est terriblement réductrice. Accepter d'en augmenter le nombre, se poser la question de leur pertinence, en inventer de nouvelles quand la nécessité s'en fait sentir, cela prend plus de temps, c'est certain, mais permet une infinité de possibilités supplémentaires. Et peut-être tout simplement de se sentir plus libre.

Je me suis assis sur le banc, au pied du cerisier. Il est tout près de bourgeonner. Je viens régulièrement à cet endroit, désormais, pour parler avec ma mère. Avec mon père aussi, même si je l'ai moins connu. Je suis de plus en plus persuadé que le jour de son accident, il a donné un coup de volant pour aller droit dans le fossé. Un peu comme la mère de Catherine qui s'est jetée dans la Seine. Sauf que nous n'étions pas dans la voiture. Je n'ai plus de ressentiment à l'égard d'André et de Gabrielle. Qui m'aurait dit que ce serait possible. La vie est longue. On n'en tient probablement pas assez compte. Mes parents avaient peu de boîtes. Ils s'étaient adaptés trop vite. Ils avaient tellement peur d'être rejetés qu'ils avaient dû faire semblant de savoir avant même de commencer à apprendre. C'est grâce à Léonard que j'ai compris une partie de ces choses complexes. Cette particule qui a traversé mon ciel.

Madeleine est sortie de la maison. Elle vient vers moi. Elle porte le pull qu'elle a dédié à son art, bariolé de traces de peintures diverses, brûlé par les étincelles de soudure, déchiré par les coups de scie. Son visage est constellé d'éclats d'enduit, ses mains rougies par le maniement de l'outil, plusieurs doigts couverts de pansements. Elle sourit, elle est morte de fatigue, elle est heureuse.

— Tu ne réponds pas à ton téléphone ?

— Je ne sais pas où il est. Ne me demande pas pourquoi…

— Les travaux ont bon dos. Catherine a fini par m'appeler, faute de pouvoir te joindre. Elle ne sera là qu'à dix-neuf heures trente. Une urgence à l'hôpital.

— Comment ça, elle sera là ? C'est mardi qu'on se voit.

— Tu sais, je me demande si tu n'es pas passé directement de la sagesse à la sénilité. On est mardi.

Je me suis rué dans la salle de bains. Il me restait quand même une demi-heure, je pouvais remercier l'hôpital. Madeleine a tout abandonné pour me repasser une chemise, et Léonard s'est lancé dans la recherche des mocassins en peau que je venais d'acquérir, à prix d'or, pour en finir avec mes éternelles chaussures de sport. Finalement il a dû s'avouer battu. Elles étaient peut-être dans un carton que ma sœur avait descendu à la cave quand elle avait vidé ma chambre pour y construire une bibliothèque, mais comme la porte qui conduisait au sous-sol était obstruée par une montagne de bois, stocké là provisoirement, il a préféré jeter l'éponge.

Catherine a sonné. Elle était venue directement de son cabinet. Elle avait les cheveux relâchés et ces cernes sous les yeux, qui étaient la chose que je préférais de toute sa personne, l'expression ultime de sa sensualité.

— Je suis désolée d'être en retard.

— Pour cette fois ça ira.

Elle m'a embrassé, gardé contre elle, regardé de près.

— C'est quoi, ce regard ironique ? a-t-elle demandé.

— Ce n'est pas pour toi, c'est pour moi.

— Pour le cinéma, ça va être juste.

— On va manger avant et on ira à la dernière séance. Ou on n'ira pas.

— Ça t'est égal ?

— Complètement.

— Ça sent une odeur bizarre…

— Madeleine a attaqué l'enduit dans la chambre de Léonard.

— Ah…

Nous sommes partis sans les déranger. Ils étaient chacun dans leur monde. Du trottoir, on pouvait voir la vie à l'intérieur du pavillon. Madeleine sur son escabeau, Léonard plongé dans un livre.

— La maison paraît plus grande, non ?

— C'est parce qu'elle est habitée.

Nous avons laissé la voiture pour marcher. Catherine a vu que j'avais gardé mes affreuses baskets et elle m'a traité de sportif, avant que je la qualifie d'intellectuelle. Parfois nous aimons jouer avec les anciennes boîtes. En attendant je tenais son bras.

Il était déjà tard pour le cinéma, et de ce pas tranquille, alors que nous étions loin du centre, nous n'avions que peu de chances de trouver un restaurant qui servirait encore à Sedan, un mardi soir. Ce n'était pas très important. On pouvait aussi boire un verre sur une banquette, à la brasserie de la gare. Tout ce qu'on voulait, c'était parler, épaule contre épaule, fumer, boire et recommencer de parler, et puis s'embrasser comme des idiots. Et quand on aurait vraiment faim, on pourrait toujours rentrer à la maison, faire des œufs au jambon. Et voir rappliquer dans la cuisine ma sœur avec son bac d'enduit, et Léonard, à peine sorti de ses lectures, qui nous expliquerait la naissance de l'univers, les mains dirigeant un orchestre invisible. Cette famille malgré moi, que j'avais tant cherchée.

12195

Composition
NORD COMPO

Achevé d'imprimer en Espagne
par CPI BOOKS
le 3 avril 2018.

Dépôt légal avril 2018.
EAN 9782290126578
OTP L21EPLN001978N001

ÉDITIONS J'AI LU
87, quai Panhard-et-Levassor, 75013 Paris

Diffusion France et étranger : Flammarion